ハヤカワ文庫JA
〈JA1460〉

機龍警察　暗黒市場

〔下〕

月村了衛

早川書房
8601

目次

上巻目次

登場人物

［警視庁］

沖津旬一郎……………………特捜部長。警視長
ユーリ・オズノフ……………特捜部付警部。突入班龍機兵搭乗要員
姿俊之…………………………特捜部付警部。突入班龍機兵搭乗要員
ライザ・ラードナー…………特捜部付警部。突入班龍機兵搭乗要員
城木貴彦………………………特捜部理事官。警視
宮近浩二………………………特捜部理事官。警視
鈴石緑…………………………特捜部技術班主任。警部補
由起谷志郎……………………特捜部捜査班主任。警部補
夏川大悟………………………特捜部捜査班主任。警部補

門脇篤宏………………………組織犯罪対策部長。警視長
渡会茂…………………………組織犯罪対策部第五課長。警視
森本耕大………………………組織犯罪対策部第五課捜査員。巡査部長

［警察庁］

小野寺徳広……………………………………………警備局警備企画課課長補佐。警視

［宮城県警］

生島真二郎…………………………………………刑事部長。警視正

堺宏武………………………………………………刑事部組織犯罪対策局長。警視

平松良治……………………………………………警備部長。警視正

箕輪正晃……………………………………………警備部機動隊長。警視

［外務省］

久我直哉……………………………………………欧州局ロシア課首席事務官

［和義幇《フーイーパン》］

關　剣平《クワンジェンピン》……………………………………………黒社会幹部

丁《ティン》…………………………………………………關の部下

張《チャン》…………………………………………………關の部下

アルセーニー・ゾロトフ……………ロシアン・マフィア。通称ティエーニ
イジャスラフ・ガムザ……………ロシアン・マフィア。ゾロトフの腹心

フランシス・セドラン……………武器密売業者
ムハンマド・アリー・アーザム……武器密売業者
ディヌ・クレアンガ………………武器密売業者
ホセ・デルガド……………………武器密売業者

但馬修三……………………………元警察官
吉岡功………………………………元警察官。但馬の部下
熊谷康晴……………………………元警察官。但馬の部下

ドミトリー・ダムチェンコ………モスクワ民警刑事捜査分隊班長
オレク・プリゴジン………………モスクワ民警刑事捜査分隊捜査員
リナト・シャギレフ………………モスクワ民警刑事捜査分隊捜査員
ゲンナージー・ボゴラス…………モスクワ民警刑事捜査分隊捜査員

ビティア・カシーニン……モスクワ民警刑事捜査分隊捜査員
カルル・レスニク……モスクワ民警刑事捜査分隊捜査員
エドゥアルト・バララーエフ……ロシア内務省組織犯罪対策総局密輸取締担当中佐
ゴラン・ミカチューラ……武器密売業者。シェルビンカ貿易代表
ミハイル・オズノフ……ユーリの父
マルカ・オズノワ……ユーリの母
ネストル・ゾロトフ……ゾロトフの父
リーリヤ・ダムチェンコ……ダムチェンコの妹
黄《ファン》……〈海《ハイ》〉の組織の構成員
ブラギン……ルイナクの〈副支配人〉

機龍警察　暗黒市場

〔下〕

第三章　悪徳の市

1

——日本の警察官になる気はないかね。

思い返してみると、それはまたどこか悪魔的な口調でもあった。ゾロトフとは別種の狡猾なメフィストフェレスだ。

冗談か、と尋ねると、相手はそれこそ悪魔のように微笑んだ。

——それが冗談じゃないんだよ。信じられないだろうけどね。

そして彼は日本警察に設置される予定だという新部署の構想について語り、契約書のドラフトを提示した。

ざっと目を通しただけで、顔色が変わるのが自分でも分かった。

冗談どころではなかった。恐るべき項目の数々。確かにこんな契約を交わそうという人間はごく限られるに違いない。沖津の人選も、わざわざ台北《タイペイ》までやってきた理由も首肯できた。

彼はこちらの心理と性格、それに裏社会における状況を完璧に計算している。だからこれほどの機密が含まれたドラフトをこの段階で無造作に出してきた。こちらが断れないと踏んでいるのだ。

——君の自尊心を傷つけてしまったら申しわけないが、ロシアにとって君の命はもうそれほど重要ではないはずだ。そうでなければ君はとっくに死んでいる。向こうもあの事件をうやむやにする機会を待っているんじゃないかな。いずれにしても我々が君を警察官として雇用することにロシアはそう頓着しないだろう。

警察官として再起する。考えてもいなかった。だが一旦考えてみれば頭から離れない蠱《こ》惑《わく》に満ちた申し出だった。また沖津は間違いなくユーリの借金の額も把握している。口頭で伝えられた支度金の額は、すべての借金とほぼ同額であった。

ユーリは契約書にサインした。

沖津の読み通り、ロシア当局はユーリの指名手配を取り下げた。それはごく事務的にひっそりと行なわれ、ユーリの名誉回復は事実上なされなかった。そこまではさすがに約束の範疇ではない。指名手配が撤回されただけでもユーリには奇跡と思えた。

警視庁特捜部付警部。そして龍機兵搭乗要員。新たな国の新たな身分を得て、ユーリは再び警察官となった。

契約によって就いた職務は特殊装備『龍機兵《ドラグーン》』を使用する突入班である。機体のコードネームは『バーゲスト』。イングランド北部及び東部地方に出没するという魔犬の名。己に与えられた漆黒の機体を目にしたとき、ユーリは運命的なものを感じずにはいられなかった。

同僚の突入班員は二人。姿俊之という傭兵と、ライザ・ラードナーと名乗る女だ。どちらもあからさまにわけありだったが、最高レベルの腕を持っていた。姿はこれまでユーリが出会った兵隊崩れの悪党とは格が違った。本物のプロフェッショナルだった。またライザには妖気のような凄みさえ感じた。のちに彼女の本名がラードナーではなくマクブレイドだと知って驚いた。ライザ・マクブレイド。〈死神〉と呼ばれたIRFのテロリストだ。驚き、そして憤慨した。公《おおやけ》の国家警察がテロリストを職員として採用するとは。だが同時に納得もする。そういう人間でなければ龍機兵の搭乗員は勤まらない。あの恐るべき契約条項。改めて思った。自分も同じ類の人間なのだと。

二人の同僚警部に比べれば、理事官の城木警視と宮近警視ははるかに分かりやすかった。

どちらも紛《まご》うことなき官僚だ。

そして現場の捜査員達は、ユーリが長年親しんできた匂いを持っていた。ユーリは彼らを密かに羨《うらや》んだ。彼らは警察という組織を疑うことなく——あるいは疑念の萌芽を心の底に抱きつつ——誇らしげに生きている。特に主任の由起谷と夏川は。この二人を見るとき、ユーリはかつての自分とレスニクを思い出さずにはいられなかった。

うなだれる左手の黒犬を手袋に押し隠し、日々警察官としての任務に就く。深い海底から解き放たれて、ようやく水面上へ出た思いがした。あるいは路頭に迷った猟犬が再び犬舎を得た思い。それは予測をはるかに超えて心地好かった。無意識の底で、ユーリはそれほどまでに警察の空気を渇望していたのだった。

捜査班ではなく突入班であるのが不満であったし、特捜部自体も不穏な機密をいくつも抱えた特殊というより異常な部署であった。それでも警察官としての日々は、ユーリの中に生きる活力を蘇らせた。警察という組織への不信感は拭えぬものの、警察官であるということに、密かな歓喜を覚えていたのだ。そのことに気づいて愕然とした。あれほど痛い目に遭いながら、なおも警察官でありたいと願う。救いようのない愚鈍さだ。そして途方もない矛盾だ。

それでもいい。改めて悟った。自分は警察の中でしか生きられない。

犯罪者として死ぬより、このまま警察官として死にたいと思った。

ティエーニの組織に〈支配人《ヂリェークタル》〉から連絡があった。

《入札参加者各位　ルイナクの開催日時について》

二月二十七日、午前六時三十分。ユーリとゾロトフはガムザの運転するBMWで綾瀬のホテルを出た。予想通りゾロトフの組織は入札資格者として指名された。ボディガードのガムザを含むこの三人が入札の現場に臨むチームである。

集合時間は八時だがゾロトフの考えで早めに出発することになったのだ。

「早く着いても文句を言われる筋合いはない。入札では参加する客の全員が敵だ。先に行って敵情視察といこうぜ」

ユーリも同じ意見だった。ただし自分の敵はゾロトフの言うそれより数が多い。ルイナクの〈支配人〉、そしてゾロトフもまた敵なのだ。

ガムザがバックミラー越しにこちらを見た。まったく警戒を緩めていない。少しでも不審な素振りを見せれば、スキンヘッドの元軍人はたちまち牙を剥いて躍りかかってくるだろう。

ＢＭＷの後部座席で揺られながら、内心で自問自答を繰り返す——この任務はやはり拒否すべきではなかったか。

沖津に命じられた潜入捜査。奇しくも対象はかつてバララーエフに命じられたのと同じ武器密売業者だ。どうしても過去を思い出さずにはいられない。抑え難い不安を感じた。自分が同じ過ちを繰り返しつつあるのではないかという不安。

懊悩《おうのう》の末、ユーリは任務を引き受けた。沖津はまたも抗《あらが》い難い悪魔的な餌を用意していたのだ。

シェルビンカ貿易の事件に関する徹底調査。

日本国の調査能力が及ぶ限りという留保はつくが、それでも個人や民間組織よりは望みが持てる。ましてや元指名手配の一犯罪者より。

たとえ真相が判明したとしても、今さらどうなるものでもないことは充分に分かっている。母も恋人も、友情も忠誠心も、失われたすべてが帰ってこない。それでも自分は知りたかった。自分を陥れた罠のその意味を。

午前七時二十二分、ストランドホテル着。北新宿の外れに佇むその小さなホテルが指定された場所であった。〈商品確認〉があることを考えると、入札会場はおそらく都内ではない。そこは単なる集合場所だと推測された。

開いているスペースにBMWを入れると、眼光の鋭い数人のロシア人が素早く寄ってきた。ルイナクの〈スタッフ〉らしい。スーツに独特の形崩れ。全員が武器を携帯している。ブリガーダ――ロシアン・マフィアの構成員だ。

「失礼します」

　ロシア語で断ってから彼らは棒状の金属探知機で三人のボディチェックを行なった。電波探知機を見つめる者もいる。武器、発信器、盗聴器等を探っているのだ。三人はおとなしく従った。それがあらかじめ定められたルールであった。乗ってきたBMWもチェックされる。携帯端末の持ち込みは許されているが、PCは不可。入札後の決済はディーラーサイドが用意した端末で行なわれる予定である。

　会場にはデモンストレーション用の新型機が少なくとも一機はあるはずだ。ディーラーサイドとしては会場の場所を徹底的に秘匿せねばならない。

　ユーリの全身にも金属探知機がかざされる。頭頂部から足の爪先まで。もちろん首筋にも。

　金属探知機は電磁誘導の法則を利用して金属の存在を検出する。しかしユーリの脊髄に挿入されている龍髭《ウィスカー》は、金属製ではなく高分子化合物（ポリマー）の一種だ。龍骨《キール》‐龍髭間の連絡にはEPR相関が応用されており、電磁波通信とも無関係である。従って金属探知機や電波探知機では龍髭の存在を検出することはできない。

そうと分かっていてもユーリは緊張せずにはいられなかった。もし万一探知機が反応してしまったら。脊髄に仕込まれた龍髭が見つかったら。そして自分が警察のスパイであると知られたら——

探知機は反応しなかった。密かに胸を撫で下ろす。

無事にパスした三人を、スタッフはエレベーターで三階のパーティールームに案内した。

「時間までこちらでお待ち願います」

そう広くもない室内には、適当な間隔を空けて何組ものソファが設置されていた。先着の客がすでに五組。新たに到着したこちらを一斉に振り返る。いずれも三人ずつのグループで、互いに他のグループとは距離を置いて固まっている。

「考えることは同じらしいな」

ゾロトフが面白そうに囁いた。

ユーリとゾロトフらもソファの一つに陣取った。ガムザは主人の背後に立ち、周囲を睥《へい》睨《げい》するような顔で警戒に当たる。

先着していたのは白人のグループが三組。中東系のグループが一組。そして日本人らしいアジア系のグループが一組。パーティールームの空気は互いの牽制と威嚇に強く張り詰め、まるで通電しているかのようにひりひりした。

アジア人の男が一人、煙草の紙箱を取り出して仲間に勧める。タジマさん、と呼びかける声が微かに聞こえた。やはり日本人だ。タジマと呼ばれた男は無言で一本引き抜いて口にくわえ、相手の差し出すライターの火で吸い付ける。

彼らのグループは特にユーリの注意を惹いた。三人とも高価そうだが地味なスーツを着ている。日本人で武器の密売に関わっているとすればまず考えられるのは暴力団だが、三人の放つ匂いはユーリの知るヤクザのものとは違っているように思えた。懐かしく、また厭わしい独特の匂い。そしてある職業に特有の目の配り。

警察官だ。ユーリはそう直感した。

しかし今回のオペレーションは上層部も関わる合同態勢だ。日本警察の他の部署が独自に潜入捜査を行なっているとは考えにくい。また三人が一チームとして参加しているということは、ルイナクのディーラーが入札資格ありと認めたということだ。となると警察官ではあり得ない。

ゾロトフは無遠慮に室内を眺め渡し、

「さすがに大した面子が集まってるな。アメリカのゲイブルズにルーマニアのクレアンガ。フランスのセドラン。それにパキスタンのアーザムだ。どいつもこいつも世界中に販路をまるまる太ったフランス人と小柄なパキスタン人がゾロトフに軽く会釈する。同じ業界の大物同士、互いに顔見知りではあるらしい。ユーリもファイルで見て知っていた。フランシス・セドランとムハンマド・アリー・アーザム。今回の入札に参加が予想される有力業者としてリストアップされた中にあった。口髭を蓄えた狭量そうな男はルーマニア人のディヌ・クレアンガ。挨拶どころかこちらを見ようともしない。

「あっちの日本人は」

「知らん。警官の匂いがするな」

やはり――

「だがルイナクのディーラーだって間抜けじゃない。本当に警官だったらここにいるはずがない。よっぽどの実績かコネでもあるんだろうぜ。どっちにしても保証付きの悪党なのは間違いなしだ」

ユーリは視界の端で三人の様子を観察する。年齢はいずれも四十から五十。タジマと呼ばれた男がリーダーらしい。縮れた短い髪。眉の間にほくろのある、唇の厚い仏像のような顔。三人の中でも一際重い存在感を放っている。細い目にはどんよりと澱んだ光。彼の発する空気にも覚えがある。腐敗臭だ。

煙草をくわえたタジマが、煙を吐きながらさりげなくこちらを見た。

「向こうでもおまえのことを気にしてるようだな」

ゾロトフは鋭かった。タジマの一瞬の視線は明らかにユーリを捉えていた。

この男達には何かある。要注意だ——

しばらくすると新たに到着した残りのグループが入ってきた。まずアフリカ系が一組。

「見た顔だが名前までは知らん。確かナイジェリア人だ」

ゾロトフが小声で言う。

その次はヒスパニックのグループ。先頭は髭面の小男。

「メキシコ人のデルガドだ。金に汚い野郎だぜ」

他のバイヤーが皆高級スーツにコートを着用しているのに対し、ストリート風のダウンジャケットを羽織ったデルガドのスタイルは目を惹いた。合同本部の作成した彼のファイルには、最凶とも最悪とも称されるメキシカン・マフィアとの関係が特記事項として記されている。

そして集合時間の三分前になって、アジア人のグループが入ってきた。

「奴らが最後らしいが、知らない顔だな」

ボディガードらしい二人の部下を従えて歩いてくるサングラスの男。若くしなやかなその身を包むゼニアのスーツと底知れぬ負の気配。

男を目にして、ユーリは驚愕に身を固くした。

ゾロトフがすかさず訊いてきた。

「知っている男か」

「和義幇《フーイーパン》の幹部で闞剣平《クワンジェンピン》という男だ。表向きはフォン・コーポレーションの社長秘書を名乗っている」

「なるほど、和義幇か。俺も話には聞いてるが、今まで商売の付き合いはなかったな」

和義幇。青幇《チンパン》の系譜を受け継ぐ黒社会最大組織の一つである。ルイナクの入札に参加してもおかしくはない。むしろ今まで関わっていなかったのが不思議なくらいの大看板だ。

闞はプラダのサングラスに隠された目でユーリをはっきりと見たが、眉一つ動かすことなくソファの一つに腰を下ろした。並み居る業界の大立者の中でも少しも引けを取らぬ貫禄だった。入国管理局の記録が正しければ年齢は二十九。その若さでどんな地獄を潜ってきたというのか。

ユーリは以前に一度だけ闞と相まみえたことがある。丸の内のフォン・コーポレーションの社長室だった。フォン・コーポレーションは香港財閥の中でも有数の規模を誇る馮《フォン》グループの日本総代理店で、そのCEOである馮志文《ジーウェン》は面談に訪れたユーリと姿に闞を第一秘書として紹介したのだ。そのとき闞は一切言葉を発しなかったが、ユーリは彼を黒社会の上部構成員であると見抜いた。

警視庁特捜部と和義幇との間にはこれまでに複雑な確執の経緯があった。馮志文は中国共産党の意を受けて動いているらしい。前年のテロ事案における馮と闞の暗躍を考えただけで、ユーリは肌が粟立つのを禁じ得ない。その闞が、涼しい顔をして間近に座っている。

ユーリは動悸の高まりを自覚した。今回の入札への闞の参加は果たして単なる偶然か。それとも何か秘められた意図があるのだろうか。分からない。今はそうした疑念や焦慮を押し隠すだけで精一杯だった。

午前八時。三人のスタッフを伴ってリーダーらしいロシア人が一同の前に現われた。

この男が〈支配人〉か――？

ユーリの掌に隠れた犬が緊張に汗をかく。

銀髪を短く刈った男は一同に向かい、ロシア訛りの強く残る英語で副支配人のブラギンと名乗った。大方は偽名だろう。彼は儀礼的に入札への参加に感謝してから、極めて事務的な口調で続けた。

「さて、皆様にはここから入札会場に移動して頂きます。すでにお伝えしております通り、携帯端末等のご使用はご遠慮下さい。ルールの違反があった場合、入札は即時中止。違反者にはルイナクで規定された最も厳しいペナルティが課せられますのでご承知下さい。お車の運転は当方で用意した運転手が行ないます。会場の場所は運転手が承知しております」

案の定だった。ディーラーサイドは九組の客に入札直前まで目的地を教えることなく、それぞれ別個に移送する気だ。

ブラギンの指示はほぼ推測通りであった。ただし──

「出発は一組ずつ。五分から十五分の間隔を置いて頂きます」

確かに九台が連なって走っていては人目を惹くおそれがある。彼らはあくまで慎重で用心深かった。おそらく会場までのルートも車ごとに極力違う道を使うのだろう。

ランダムに決められた順番で、一組ずつエレベーターで地下駐車場へと消える。ユーリ達は五番目だった。

地下で待っていた運転手と助手はアジア人だった。国籍は分からない。日本人かもしれないし、そうでないかもしれない。二人とも無駄口を一切叩かないどころか、ティエーニの一行に対して挨拶すらしなかった。キーを受け取って二人はＢＭＷに滑り込む。ユーリ達三人は後部に乗った。

運転手と助手が武装しているのは間違いない。丸腰の乗客の警護役を兼ねているのだろうが、それこそ場合によっては彼らの銃口が客に向けられることも考えられる。そのような状況を裏社会のVIPとも言える客達がよく承知したものだが、それだけルイナクの信頼とルールは強固であり、今回の入札が重大であるということなのだろう。

運転手はすぐに車を出した。目的地だけでなく、所用時間も乗客には知らされていない。都内の一般道をしばらく走った後、車は高速に入った。

「あのブラギンて野郎、チェーカーだな。元FSBか。現役だったとしても驚かないぜ」

シートに身をもたせかけてゾロトフが言った。〈元チェーカー〉という概念は存在しない。チェーカーは死ぬまでチェーカーである。たとえどのような地位、役職に就こうとも。あるいは退職しようとも。彼らにとって組織とは宗教であり、思想であり、栄光だ。

「ティエーニ」

ガムザが視線で前の運転手達を示す。聞かれていると注意を促したのだ。

「構わねえよ」

まるで気にする様子もなく、

「手下の連中も似たり寄ったりだろう。国から給料をもらいながら、特権を利用して副業のビジネスマンごっこだ」

彼の言う通り、官僚から実業家に転じる者は少なくない。特にマフィア化したチェーカーは数えきれない。聖なる腐敗の三位一体。官僚、オリガルヒ、犯罪組織はもはや渾然一体となって区別がつかない。ロシアン・マフィアは最新仕様の全体主義だ。国家のKGB化と言ってもいい。KGB主導の民主独裁主義である。

「反吐《へど》が出るぜ。ああいう連中に比べりゃ、確かに昔のヴォルは筋が一本通ってた」

そう言ってから、ゾロトフは自嘲的に付け加えた。

「俺の親父は例外だがな」

ユーリは何も言わなかった。その話題に触れる心の余裕は未だない。これからも同じだろう。

「親父の頬の刺青、覚えているか」

照れ隠しのつもりなのか、ゾロトフは父親の話を続けた。

「ああ」

骸骨女。忘れようにも忘れられない。

「あの刺青の意味が分かったぜ。ヴォルになったときに教えてもらったんだ。そのためにヴォルになったわけじゃないが、なにしろ長年の疑問だったからな」

気を持たせるように話しながら、ゾロトフは横目でユーリの様子を窺っている。

「元はウクライナの昔話に出てくる化け物らしい。見たまんまの『骸骨女』って妖怪だ。

なんでも大昔の酷い飢饉のとき、飢えて乳の出なくなった女が自分の赤ん坊を育てるため、夜な夜な近くの家を襲っては眠っている子供をさらって喰っていたんだと。ある霧の深い晩、女は道に迷った挙句に入り込んだ家で、寝息を頼りに寝床で寝ていた赤ん坊を喰った。そのとき霧が晴れて、女はそこが自分の棲家であることに気がついた。知らずに自分の子を喰っちまったんだ。女は絶望のあまり狂い死にし、骸骨女という妖怪になった。今でもウクライナの田舎じゃ霧の深い夜には骸骨女の啜り泣きが聞こえるそうだぜ」

ＢＭＷは首都高の竹橋ジャンクションを経て熊野町ジャンクションへ。

「昔想像した通りだった。あれはやっぱりお袋の絵だったんだ」

思い出す。ソコリニキの廃墟。黒髪の少年は確かにその疑念を口にした。

「俺が物心つく前の話だが、当時親父は麻薬を売っていた。親父が売ったヤクをどういうわけかお袋が手に入れて自分で使い、それで死んじまったらしい。間抜けな話だ。仲間内じゃとんだ笑い者だったってよ。ともかくそれがきっかけで親父は見る見るうちに落ちぶれた。酒や博打に狂った挙句、仲間のヴォルを危険に晒した。だからヴォル達は掟通り、親父の顔に『骸骨女』を彫ったのさ。お袋をモデルにしてな」

言葉もない。元の民話も凄惨だが、ゾロトフの父母の身に起こったことがその通りだとすると、まさに民話の反復だった。ネストルの刺青には、やはりその絵柄にふさわしい忌むべき過去があったのだ。

沈黙するばかりのユーリに、ゾロトフは親しさと意地の悪さが入り混じったような笑みを向けた。

「おまえに言われて思い出した。『運命なんてただの影だ。臆病者だけがそれを見るんだ』。ガキの頃の自分を褒めてやりたいよ。その通りになったじゃないか。俺は確かに負け犬の息子だが、決して負け犬にはならなかった。これからもだ。今回の入札だって勝ってみせるぜ、なあ相棒」

彼の話を聞きながら、ユーリは視界の端で高速の表示板を捉えている。

江北ジャンクションから川口ジャンクションへ。東北自動車道に乗った。

自然な体勢と視線のまま表示板を見逃さないよう気をつける。少しでも不自然に身を乗り出せば、たちまち運転手と助手に、そしてゾロトフとガムザに悟られるだろう。

ゾロトフの話の内容がまたユーリ自身の人生とも深く関わるものなので、ともすれば我を忘れて聞き入ってしまいそうになる。気を逸らされないように注意するのに途轍もない集中力を要した。

車はひたすら東北道を走り続け、那須高原ＳＡでようやく高速から出た。

そして午後〇時七分、別荘地に入った車は私道のゲートを潜って奥へと進み、そこで停まった。周囲を那須山麓の森に囲まれた私有地の駐車場には、先着した四台と、同型の黒いミニバン九台が停まっていた。

2

駐車場の横手には二、三十年前に流行《はや》ったようなデザインの古い保養施設があった。エントランスのドアには何年も前に潰れたアパレルメーカー『リップル』の企業ロゴが入っていた。一時的に借り受けたか、あるいは架空名義で購入した物件だろう。アジア人とロシア人からなるスタッフが駐車場と建物の周囲を警備している。

ユーリ達の後、ほどなくして新たに二台が到着した。客達は全員施設内の食堂へと案内された。

「那須を出た客の車は九台。着いたのは七台。二台足りない」

廊下を歩きながらゾロトフが聞こえよがしに英語で言った。

「途中で消されたかな」

他の客達も顔を見合わせている。

「理由は分からんが〈支配人〉ならやりかねんな」

もっともらしい顔で呟いたセドランに、クレアンガが冷ややかな視線をくれた。

「〈支配人〉とは限らんぞ。競争相手をこっそり潰すのが得意な奴もいる」

アーザムがすかさずルーマニア人の尻馬に乗る。

「シエラレオネで抜け駆けされたこともあったな。あのときは儲けそこなった」

「諸君はビジネスが分かっていない」

二人の皮肉と嫌味に対し、セドランはからかうようなわけ知り顔で、

「その点〈支配人〉は大人だからねえ。私も安心して取引できる」

ユーリは頭の中でファイルを繰る。セドランはシエラレオネの反政府軍へ大口の武器納入を行なったことがある。熾烈な受注競争のさなか、他社からの賄賂の窓口となっていた代理店の幹部が死体となってポート・ロコの側溝に浮かんだ。如何にも不審だが、酔った末の事故として処理された。結果、セドランの会社が単独で受注した。まるまるとして血色のよいフランス人は、その上質のスーツの下に誰よりも黒い腹を隠している。

一同を案内するスタッフは、客達のわざとらしい皮肉や挑発には反応しなかった。

施設自体は長年使用されていなかったらしく黴《かび》臭い湿気が感じられたが、食堂は遠来の客をもてなすにふさわしく手入れされていた。それぞれのテーブル席に着いた客達は一様

に周囲の顔ぶれを見回す。見当たらないのはアメリカ人とナイジェリア人のグループだった。

客とは別の車で来たブラギンが正面に立ち、一同に告げた。

「皆様にはこちらに昼食をご用意致しました。しかしここは会場ではありません」

客達の不審と不満は百も承知という顔で、

「会場までの間にこのような中継地点を設けましたのは相応の理由があります。我々としてはなんとしても真の会場の場所を秘匿せねばなりません。東京からここまで別個に移動して頂きましたが、それは各車ごとに尾行や監視等がないかを確認するための措置でした。尾行が付いていると判断された車は途中で行先を変更する手筈となっております。チェックの結果、二業者に尾行が確認され、参加を見合わせて頂くことになりました」

ざわめきが広がる。アメリカ人とナイジェリア人には尾行が付いていたのだ。CIAかATFか。司法機関による監視ではなく、いずことも分からぬ場所に少人数で移送されることに不安を感じた業者本人が、密かに部下に護衛を命じていたとも考えられる。

何食わぬ顔をしながらユーリは冷や汗をかいていた。計画段階では集合場所からの車を組対が尾行するという案もあったのだ。採用は見送られたが、もしその案が実行されていれば潜入作戦は終わっていた。またユーリの命もなかったかもしれない。

いずれにしても徹底した対監視態勢が取られている。ディーラーサイドの用心深さは尋常ではない。

「ここにお集まりの皆様にはご休憩ののち、真の会場へと移動して頂きます。が、その前に……」

ブラギンの合図でスタッフ達が小型の金庫を運んできた。壁際の長テーブルの上に並べて置く。全部で七個。

「これは市販品ですが、生体認証システム他を採用した最新の金庫です。ご出発の前に皆様の携帯端末をこの中へお預け願います」

「ふざけるな」

怒声が上がった。メキシカンのホセ・デルガドだった。

「商売の大事な情報の詰まった携帯を人に預けられるか。どこの世界にそんな間抜けなブローカーがいる」

アーザムやセドランも口々に賛同の声を上げる。タジマのグループは押し黙ったまま。關《クワン》は顔色一つ変えていない。

デルガドらの言い分は当然だ。彼ら武器密売ブローカーの携帯には、取引相手の秘密番号も含め、それこそ値千金の情報が詰まっている。たとえ一時的にせよ他人に渡すなど考えられない。

しかし、そもそもが本社や上司の指示を仰ぐ必要のないトップだけが参加を許された入札である。携帯を使って誰かと連絡を取る必要はないと言われればその通りだ。それでも携帯を取り上げるとはあまりに業界の常識とかけ離れている。客達の反応からすると、ルイナクのルールとしても異例であるようだった。

「事前の指示には確かに外部との連絡はNGとあったが、携帯の持ち込みはOKだったはずだ」

デルガドの抗議に、ブラギンは平然と答えた。

「持ち込み自体は制限しておりません。一時的にお預かりするだけです」

「嵌《は》めやがったな」

「もしご同意を頂けないようでしたら、今回の入札はご遠慮願います」

抗議も想定の上であるらしい。

「金庫は一業者につき一つ。代表者が指紋を登録、暗証番号を入力し、鍵を保管する。我々が責任を持って金庫を会場まで運び、入札の終了後にお返し致します」

「どんなトリックがあるか知れたものか」

クレアンガだった。常に不機嫌そうな険しい表情をした男が、疑い深く吐き捨てる。ファイルに記されていた通りの性格だ。今世紀に入ってから東欧の紛争地帯で使われた違法武器の三〇パーセントは彼が卸したものだと言われている。何十年も生きたネズミのように用心深く、世界中の捜査機関から目を付けられながら、未だ尻尾どころか毛の一本もつかませない。

「おっしゃる通り、何か仕掛けようと思えば現代の技術ならいくらでも可能でしょう。ですが、この場は我々を信頼して頂くよりありません」

クレアンガは苦い顔で黙った。場の決定権は確かにディーラーサイドにある。ルールを了承した上での参加であったし、不服なら参加を見合わせて引き上げればいいだけなのだ。

セドランが鷹揚に見せかけた尊大な口調で頷いた。

「ルールはルールだ。認めよう。しかし今すぐは無理だ。入札が終わるまでオフィスと連絡が取れないとなると、今のうちに指示しておかねばならない案件がいくつもある」

「うちだってそうだ」

アーザムが即座にフランス人に同調する。その調子のよさもファイルにあった。

「イスラマバードの本社に確認の必要な書類が届いているはずだ。どうしても一度連絡しなければ」

ブラギンはそれも予期していたようだった。

「どうかご心配なく。携帯をお預かりするのは昼食後、出発前の予定です。それまではご自由にお使い頂いて結構です」

ようやく合意に達した一同の前に、スタッフが昼食を運んできた。一流ホテル並のランチコースだった。

退出するかと思われたブラギンは、ユーリ達のテーブルに来て小声で言った。

「ティエーニには別室でお食事をご用意しております。どうかこちらへ」

「そうかい」

ゾロトフは素直に立ち上がった。ユーリとガムザもそれに従う。

隣のテーブルのデルガドが不審そうにこちらを見ている。

「悪いな、俺達だけ上等の飯だとよ」

「さすがはシード枠のティエーニ選手だな。あやかりたいもんだぜ」

デルガドは剽軽《ひょうきん》に肩をすくめてみせた。

ブラギンは三人を、冠雪した白い那須連山を一望できるバーに案内した。そこは食堂以上に手入れが行き届いていた。カウンターと壁の棚には各種の酒が所狭しと並べられている。埃など微塵も被っていない。新たに揃えられたものだった。

カウンターの前のソファで、一人の男が三人を待っていた。

昔はロシアのドメスティックブランドを着ていた男。今はブルックスブラザーズのスーツを着こなし、足を組んで寛《くつろ》いだ様子を見せている。

その男を一目見て、ユーリの全身は瞬時に凍った。銅《あかがね》色の髪は部分的に白くなって幾筋ものまだらの縦縞を作っているが、顔は不思議なまでに老けておらず、むしろ若返ったような精気に満ちていた。

エドゥアルト・バラーエフ。

どうしてここに――

そう言いかけたユーリは、答えを察して愕然と呻いた。

「貴様が〈支配人〉だったのか」

この男と、こんな形で再会しようとは。

「まあ座ってくれ。かのティエーニを立たせたままでは非礼に当たる」

二人はバラーエフの向かいに腰を下ろす。ガムザはゾロトフの背後に立った。

バーの周囲をブラギンはじめ数人のロシア人が固めていた。今までとは打って変わった氷のような威圧感が伝わってくる。全員が間違いなくチェーカーだ。FSB、SVR、GRU、あるいは小枝のように細分化された末端機関の元職員。オリガルヒ、官僚、犯罪組織の構成する聖なる腐敗の三位一体、その忠実なる使徒どもだ。

「はじめまして、ティエーニ。ディーラーのエドゥアルト・バラーエフだ。同業者としてお噂はかねがね聞き及んでいる」

「同業者、ね」

彼は嗤ったようだった。

「俺もそっちの名前は聞いている。あんただろう、昔モスクワで俺の相棒を嵌めたのは」

「君達は私にいろいろと聞きたいことがあるだろうが、ここでは過去の話は禁止だ。それが私の支配する市場の鉄則なのでね」

バラーエフは先回りするようにすべての詮索を封じ、

「ユーリ・ミハイロヴィッチ、君が生きているのは知っていた。日本の警官になったこともね。その君がルイナクで買い物とは、またずいぶんと珍しい。昔の任務の夢でも見ているのか」

探りを入れるような視線をよこす。

ゾロトフが助け船を出すように、

「あんたの情報は古い。こいつはまた警察をクビになったのさ。俺が確認済みだ」

「あなたが部下の信用を保証するとでも、ティエーニ」

「部下じゃない。相棒だ」

ゾロトフはそう訂正してから、

「どうせこいつのことはあんたの方でも調べたんだろう。それで答えはシロと出た。そうじゃなきゃ俺達は最初から入札に参加できなかった。違うか」

〈支配人〉はにやにやと笑っている。

「下手な芝居はやめてもらおう。え、何が狙いだ、支配人さん」

ゾロトフの問いに、バララーエフはユーリに向かって切り出した。

「我々は確かに君について調査した。結果は今ティエーニが言った通りだ。だが我々は君を完全に信用したわけではない」

だったらなぜここまで連れてきた？

「日本警視庁特捜部か。指名手配となった元警官の再就職先としてはなかなかよさそうなところじゃないか。裏社会では『機龍警察』と呼ばれていると聞いた」

バララーエフは「キリュウケイサツ」と日本語風に発音した。

「君は特捜部の突入班だった。龍機兵に関する情報を提供してくれるなら、このまま入札に参加してもらっても構わない。それが嫌なら、ここからすぐにお引き取りを願う」

そういうことか――

背後に控える男達の冷酷な視線がユーリに集中する。〈お引き取り〉がただ黙って帰してくれることを意味していないのが明確に分かった。

左手の黒犬が首を縮めて震えている。駆け引きの正念場だ。

「俺の使っていたのは『バーゲスト』というコードネームの機体だった。脚部の駆動に特徴がある。俺も第一種や第二種の機甲兵装は散々乗ったが、龍機兵は別格だ。モノが根本から違う」

「それで」

身を乗り出してきた相手の期待を素っ気なく裏切る。

「龍機兵の情報は俺のとっておきの資本だ。滅多には卸せない」

「条件は」

「卸すのは対等なビジネス・パートナーに対してだけだ。ここではあんたのルールに従うが、ビジネスについてはお互いにまだ判断材料を持っていない」

痛いほど感じる。周囲の男達の視線が殺気を孕《はら》んだ。黒犬が手袋を突き破って逃げ出しそうになる。平静を装い必死にこらえる。

「いいだろう」

バララーエフは尊大に微笑んだ。そういうところもまるで昔と変わっていない。

「どうやら君は賢明さを学んだようだ」

「こいつも伊達に苦労してないってことさ」

ゾロトフが横から茶化す。

「だがアガニョーク、交渉相手にはまず俺を指名してくれよ」

軽口の中に本気が覗いた。

「歓迎しよう、ユーリ・ミハイロヴィッチ。君はティエーニ同様、特別待遇の賓客だ。入札が終わってからゆっくりと新しいビジネスについて相談しようじゃないか。正直に言っておくが、君に関する調査は現在も継続中だ。新たな事実が発覚すればその時点で君の待遇は見直さざるを得なくなる」

「分かっている」

「またその場合は、ティエーニ、あなたにも責任を取ってもらう」

バラーエフはゾロトフにも釘を刺すことを忘れなかった。

「まあ当然だろうな。ついでに俺からも一つ訊いておきたいことがある」

「なんなりと」

「ルイナクの〈支配人〉が今になって正体を現わした理由は」

「隠しておく理由がなくなったからだよ」

簡潔な回答が返ってきた。

「知っての通り、私は官僚だ。サイドビジネスで武器の売買を行なっていたが、どうにもこれが儲かってね。あまり派手にやって目立ちすぎると都合が悪い。そこでルイナクでの出店に際して〈別名義〉にしたんだ。しかし規模は年々大きくなる一方で、ついに野に下ってビジネスに専念しようと決意した次第だ。会場では商品のお披露目と同時にささやかな自己紹介もさせてもらう予定だよ」

よくある話だった。ペレストロイカの時代から目端の利く官僚が繰り返してきたパターンである。ゾロトフはうんざりしたように肩をすくめた。

ブラギンの合図でスタッフが昼食を運んできた。他の客達と同じメニューだ。

「酒はどれがいいかね。ここにある物ならなんでも注文してくれ」

「そうだな……」

ゾロトフはバララーエフの背後に並んでいるボトルを眺め、

「それだ、そいつがいい」

バララーエフが相手の視線を追って立ち上がる。

「これか」

カウンター一杯に並べられた酒の中から一本のボトルをつかみ上げた。

黒いボトルに銀のラベル。ユーリには見覚えがあった。遠い記憶だ。何よりも遠く、そして忘れようのない過去の。

『セブンサムライ』。シェルビンカ貿易のミカチューラが好んだウォッカだ。

バララーエフが笑みを浮かべた。

「なかなかいい趣味だ。冷えたのを持ってこさせよう」

冷蔵庫からセブンサムライの冷えたボトルを取り出して運んできたブラギンは、それをバララーエフに渡し、全員の前にグラスを置いた。

「こいつは凍らせるより冷蔵庫で冷やす程度がちょうどいいんだ」

そんなことを言いながらバララーエフは自ら客のグラスにセブンサムライを注いだ。彼のグラスにはブラギンが横からミネラルウォーターを注ぐ。ユーリは昔、彼が飲めない体質だと語っていたことを思い出した。

バララーエフがグラスを掲げる。

「ビジネスの成功に」

乾杯《トースト》。

それはユーリがこれまで味わった中で最も苦い乾杯だった。悪夢の張本人を前にしながら、胸の中で荒れ狂う憤怒を殺して飲まねばならない。北カフカスの人々が造った酒。虐げられた者のため自己を犠牲にして戦う七人の英雄を思い描いた酒を。

会食を終えて食堂に戻ると、客達は皆携帯を預けるに際して事前の通話に余念がなかった。生臭く、そして武器の油臭い〈ビジネス〉の話である。

ゾロトフも携帯で部下に指示を与え始めた。その場を離れようとしたユーリに、ガムザが声をかける。

「どこへ行く」

「小便だ」

そう言い残し、ユーリはトイレに向かった。

個室に入って鍵を掛け、気配を察知されないよう注意しながら携帯端末を取り出してメールを打つ。使用言語は日本語。声に出す通話での連絡は危険だった。

《現在位置リップル那須高原寮、会場に非ず、間もなく移動、支配人はエドゥアルト・バラーエフ、客に關剣平《クワンジェンピン》、デルガド、クレアンガ、セドラン、アーザム、及び日本人タジマ、眉間《みけん》に仏像のようなほくろ、元警察官？　副支配人ブラギン、銀髪、チェーカー？　以後携帯没収につき通信不可》

宛先のアドレスは組対のカバーの一つ。送信後、履歴を消去する。

壁に手を突き、前のめりになって焦燥の息を漏らす。よもや携帯を取られることになろうとは。合同本部の判断は甘かった。密売人同士の暗黙のルールとして互いの携帯端末にはまず触れない。また事前の指示ではPCの持ち込みを不可としながら、携帯の所持は認めていた。デルガドの言った通り、それがディーラー側の策だった。スパイ潜入の可能性を考慮して、客側を油断させたのだ。この先どうやって本部と連絡を取ればいいのか。考えろ。今のうちに。今すぐに。

以前、同僚の姿警部が拉致された事案を思い出す。あのとき彼は、自らの腕をライターの火で炙《あぶ》り、モールス信号で監禁場所を本部に連絡した。龍骨‐龍髭間が量子結合で連絡していることに着目し、痛みによる自身の脊髄反射を利用したのだ。軍人である姿ならではのアイデアだった。モールス信号なら自分も知っている。だがそれはロシア語モールスだ。たとえ送信したとしても、受け取る側にロシア語モールスの知識がある保証はない。またそこまでの自傷行為は周囲に気づかれる可能性が高い。龍骨‐龍髭システムについて知らなくても、自分が何か小細工をしたことが一目瞭然になってしまう。

水だけを流して個室を出る。洗面台の鏡に蒼ざめた自分の顔が映っていた。かつて見たヴォルの翳。頬に刺青はない。だが負け犬の証しは別の場所にある。違いはたったそれだけだ。

3

午後二時三十八分。合同本部分室『ウエハラ・リサーチ』は、オズノフ警部から送信されてきたメールの文面に沸き立った。

会場の場所は未だ不明だが、〈支配人〉の正体がはっきりと記されている。

「バララーエフか……」

感に堪えぬといった面持ちで沖津が呻いた。彼はその名に心当たりがあるようだった。

また城木、宮近ら特捜側の人間は、關《クワンジェンピン》剣平の名に大きな衝撃を受けていた。

「關だと……奴がどうしてそんな所にいるんだ」

声を上げた宮近に城木が応じる。

「和義幇《フーイーパン》ほどの組織ならルイナクに関わっていても不思議はない」

「だがよりによってこんなときに」

渡会課長以下組対側の面々も關の名前は当然把握している。

「直近の和義幇の動向をすぐにまとめろ。關の所在を把握、それと馮《フォンジーウェン》志文の行確《こうかく》（行動確認)」

渡会がすぐに指示する。組対の捜査員が二人、即座に退室していった。

特捜側の城木が上司を振り返る。

「中国も新型機の獲得に動いているということでしょうか」

昨年のIRFテロ事案ではフォン・コーポレーションCEOの馮 志文《フォンジーウェン》は明らかに中国国家安全部の作戦に沿って動いていた。

「現段階ではそうとも断言できない。フォンの社長である馮と、その秘書である闞《クワン》の関係性には即断を許さない不透明な部分がある」

沖津の言葉に、城木と宮近は先年の事案における闞の不審な行動を思い出した。闞は姿警部に接近し、重要な情報の手掛かりをリークしたのだ。それは直接にして唯一の上司たる馮CEOに逆らう行動で、まったく不可解であるとしか言いようがなかった。馮と闞の距離はごく近いものであるのは間違いないが、完全に同一であるとも言い難い。

闞の参加はフォン・コーポレーションを通じた中国の意志なのか、それとも和義幇《フーイーパン》の意志なのか。どちらの可能性もある。城木と宮近は改めて状況判断の難しさと、元外務官僚ならではの上司の感覚に慄然とした。

オズノフ警部からのメールにあった他の名前は、ほとんどが参加の予想された名うてのブローカーのものだった。捜査本部の全員がすでに資料に目を通している。唯一『タジマ』なる人物のみが未詳である。

「元警察官……タジマ……？」

首をひねっていた森本捜査員が、ふと思いついたように上司の渡会に言った。

「これ、田の島と書く田島《たじま》じゃなくて、但馬《たじま》さんじゃないですかね、元四課の」

あっという表情で渡会が目を見開いた。

「そうだ、あいつだ。特徴も一致する。森本、おまえが当たれ」

「ウス」

三白眼の捜査員はすぐにコートをつかんで会議室から出ていった。

特捜側の面々が渡会を注視する。彼は一同に向かい、

「元組対四課の警部補で但馬修三《しゅうぞう》という男がいる。一昨年依願退職した男で、こいつが本当に仏像顔なんだ。すぐに資料を用意する」

城木は切迫した表情で沖津に尋ねた。

「携帯没収とは一体何があったのでしょうか。まさか、オズノフ警部が疑われているということでは」

「その可能性もある。あるいは、ディーラーがオズノフ警部だけでなく全バイヤーの携帯

の没収を宣告したか」

沖津はつかの間沈思して、

「……たぶんそっちだ。どうやら我々はごく簡単な心理的トラップに引っ掛かっていたようだ」

「ではオズノフ警部はこれからどうやって連絡するつもりなのでしょうか」

「分からん。今は彼を信頼するしかない」

城木も宮近も一様に黙り込んだ。通信手段がなければ会場の場所を察知しても意味はない。すべての作戦は水泡に帰す。

横で聞いている渡会達も、沖津に不信と焦燥の入り交じる視線を投げかけていた。


同時刻。新木場の特捜部庁舎では全捜査員が出動準備を済ませ待機していた。午前六時の段階で緊急招集された彼らは、夏川主任と由起谷主任から初めてオペレーションの全容を告げられた。

オズノフ警部から会場の位置について連絡が入り次第ただちに出動、組織犯罪対策部、地元警察と合流、連携して密売組織を一網打尽にする――

会場の場所、入札の開始時刻、関係者の人数、武装、その他一切が不明である。捜査員達が普段以上の緊張と不安を隠せずにいるのは当然と言えた。しかし、彼らの顔に浮かんでいるのはそれだけではなかった。

どうして今まで打ち明けてくれなかったのか──

夏川と由起谷を心から信頼し、不平も言わずについてきた彼らであるだけに、そうした思いを隠せずにいるのだ。

自販機のドリンクを買いに立った由起谷を、夏川がさりげなく追ってきた。

「たまらないよ。嫌なもんだな、隠し事って」

休憩室で自らも自販機に硬貨を投入しながら夏川がぼやいた。

「何かというと保秘の徹底だ。捜査のためにやむを得ないのも分かるが、こんなことを続けてたら信頼関係がなくなっちまう」

「それなんだがな……」

由起谷は玄米茶のボトルの蓋を開けながら、考え込むように言った。

「俺もいろいろ考えたよ。警察の秘密主義についてな。昔からの体質だ。俺達はそれが嫌で特捜に来たってのもある」

「だがここの秘密主義は、なんて言うか、もっと奥が深いぞ」

「そうなんだ」

　由起谷は玄米茶を一口含み、

「だがな、今回の事案ではちょっと違うことを感じた。作戦が成功すればいいが、仮にある段階でオズノフ警部が殺されたとしたらどうなる」

「どうなるも何も、そこで作戦は終わりだ。警部の正体がばれたってことだろう」

「失敗の理由は。内通者がいた可能性は」

「まあ、徹底的な内部調査があるだろうな」

「そうだ。失敗の理由が判明するまで全員が疑われる」

　トマトジュースの缶を握ったまま夏川も考え込んだ。警察の内部調査は確かに過酷だ。組織内で孤立し、行き場を失う。警察官としてその荒波に晒されるのは絶対に避けたい悪夢である。ことにただでさえ孤立している特捜部員にとっては。

「情報を知っていた者は互いに疑わざるを得なくなる。俺達もだ。この中の誰かが漏らしたんじゃないかってな。とんでもない負担だ。俺は部下にそんなものを背負わせたくない」

　夏川は手にしたドリンクを思い出したように開缶し、

「部長の秘密主義も、そんな親心かもしれないということか」

「分からない。部長の肚の底なんて城木さんや宮近さんにも分からないだろう。でもな」

ゆっくりと玄米茶を飲み干し、由起谷は決然と言った。

「今度の事案は捜査員には秘密にして正解だったと思っている。少なくとも俺は、そのことでみんなから批判されても構わない」


同時刻。新木場、東京ヘリポート。

水色に塗装された警視庁航空隊の大型輸送ヘリＡＷ－１０１三機に、それぞれ龍機兵搬送用コンテナが載積される。

鈴石緑の指揮する特捜部技術班は前夜のうちに龍機兵三機の最終調整とパッケージングを終えていた。

航空隊格納庫内の待機室で、緑は姿警部とラードナー警部を相手に最後の打ち合わせを行なった。

作戦上、機甲兵装の搬送はどうしても入札会場の判明後となる。現場が遠方であった場合、車輛では間に合わない可能性がある。逆に都内や近隣都市部であった場合、ヘリではかえって時間がかかるどころか搬送不可能な状況も考えられる。

会場が判明次第、ヘリは離陸してコンテナを現場へ搬送する。緑、姿、ライザも同乗して移動。現場で地元警察と合流し配置に就く。会場が都内であったりして車輛による搬送が適切であると判断された場合は、即座にコンテナをトレーラーに移し替える手筈であった。指揮車輛には緑の部下である柴田技官らが乗り込んで待機している。

「地形や周辺の建造物等、現場の状況については依然情報がありません。バンシーの換装オプションの選択はやはり不可能です」

PD3＝バンシーの最大の特徴は、任務や戦術に応じて換装可能な背面のオプションにある。それだけに技術班による作戦前の調整は不可欠であり、現場の位置さえ判明していない段階ではどうしようもなかった。

「問題ない」

特殊防護ジャケットに着替えたライザが無表情で答える。予想されたリアクションだった。如何なる状況下でも彼らは決して冷静さを失わない。常人とはかけ離れたメンタリティだが、龍機兵の搭乗者としてはふさわしい。緑にはそれが頼もしくもあり、また恐ろしくもある。

形式的な確認はすぐに終わった。後は狭い室内での待機がひたすら続く。

職業軍人である姿はともかく、テロリストであるライザを前にしての長時間の沈黙は緑には耐え難いものがあった。いつ出動命令が下るか分からないので、そうそう席を外すわけにもいかない。

いいかげん苦痛を覚え始めたとき、緑は姿の飲んでいるのがいつもの缶コーヒーではなく、紙コップのコーヒーであることに気がついた。

「今日は缶コーヒーじゃないんですね」

「ああ、これか」

姿はなぜか嬉々として、

「缶コーヒーは暑いときは美味いんだが、冬場はどうもな。ホットの缶コーヒーは甘すぎる。ホット専用の銘柄もあるにはあるが、やっぱり甘い。なんでも人間の味覚は温かいものの甘味を強く感じるようにできてるそうだ。かと言って冷たいのは寒いし、第一、自販機はほとんどがホットになってる」

「そうですか」

気のない相槌しか打てなかった。姿警部のこだわりはいつも緑には理解できない。ホットだろうとアイスだろうと、缶コーヒーは缶コーヒーでしかないと思う。

会話は続かず、待機室は元の沈黙に戻った。

保養施設からの出発に際し、ディーラーサイドはさらに新たな指示を客のブローカー達に突きつけた。

また間隔を置いて出発すること。そして車は用意されたものに乗り換えること。

施設の駐車場に並んでいた黒の日産エルグランド。ブラギンはそれに乗り換えて移動せよと要求したのだ。

日本警察が万一客達の乗ってきた車のナンバーを把握していれば、高速や主要幹線道路に設置されたカメラからNシステム（自動車ナンバー自動読取装置）で検索可能となる。ディーラーサイド、すなわちバララーエフはやはり抜け目がなかった。客側は不満を口にしながらも従わざるを得ない。

再びランダムに順番が決められた。最初は關《クワン》のグループだった。その十七分後、ユーリ達が四番目の出発となった。

建物から外に出たユーリ達の前で、エルグランドの後部ドアが開かれた。二列目シートは反転して三列目シートと対座するように配置されている。後部の窓には濃いスモークフィルムが貼られていた。フロントガラスと運転席、助手席側面のガラスの透過率は規制の範囲内だが、外部から中の様子はほとんど分からない。

「手の込んだ真似をしやがって」

ゾロトフがこぼしながら最後部の三列目シートに乗り込んだ。ユーリはその隣に。二人と向き合う恰好でガムザは二列目に。

運転手と助手はここまでの道中と同じ二人組だった。

「これで商品がハッタリだったら笑うよな」

ゾロトフは二人に向かって声をかけた。

「つまらない品だったらただじゃおかねえ。支配人と副支配人にもそう言っとけよ」

運転手は何も答えずエルグランドを発進させた。

4

車は東北道をひた走った。真の会場はまだ先なのか。だとすると新木場で待機している特捜部は間に合わない可能性が高い。その場合、会場の包囲と突入は地元警察の主導によって敢行される――

所在なげな態度を装いつつ、ユーリは車窓を流れ去る高速の表示板に留意する。対面に座ったガムザの視線を痛いほど感じる。そして、微かな違和感も。

なんだろう――さっきからずっと気になっている。

セブンサムライ。ウォッカのボトルだ。会食時に飲んだ。あれがどうして。

引っ掛かる。目と耳と鼻に何かが。

［目と耳と鼻を決して塞ぐな］

唐突に蘇る感覚。かつて教えられた〈痩せ犬の七ヶ条〉。もうずっと忘れていた。

どうして今頃思い出したのだろう。特殊な囮捜査とは言え、刑事らしい仕事に勤しんで、身についた感覚――あるいは犬の習性――が目覚めたのか。

堕ちるところまで堕ちたはずの自分の中に、未だ刑事の勘が残っていたとすれば、それは意外な驚きであり、また同時に救い難い愚かしさだ。その条文を教えてくれたのは、自分を陥れたダムチェンコなのだから。

それでもユーリは思考を巡らせずにはいられない。刑事の勘で。愚かとは思いつつ。

目と耳と鼻。自分は何かを見た。もしくは何かを聞いた。それは一体なんだ。

頭の中でバララーエフとのやりとりを再現する。何度も何度も。テープを巻き戻すように。

ブラギンがグラスを三個テーブルに置く。バララーエフがセブンサムライを客の二人に注ぐ。酒が飲めない彼のグラスにはミネラルウォーターが注がれる。乾杯――

一時停止。ここだ。不自然なのはバララーエフでもウォッカでもない。ゾロトフの態度だ。

客にウォッカを注ぎながら、自分は飲もうとしないバララーエフをゾロトフはまるで咎《とが》めなかった。眉をひそめさえもしなかった。普段のこの男なら考えられない。なぜ飲まないのかと声を荒らげるところだ。たとえ相手がルイナクの〈支配人〉であっても。

解答は一つ――ゾロトフはバララーエフが飲めないことを知っていた。

ユーリは直感した。二人は初対面ではない。互いに面識があったのだ。

再生。バララーエフが挨拶する。

――はじめまして、ティエーニ。ディーラーのエドゥアルト・バララーエフだ。同業者としてお噂はかねがね聞き及んでいる。

――同業者、ね。俺もそっちの名前は聞いている。

二人は初対面のふりをした。一体なぜだ。面識のあることを自分に知られたくなかったからか。

――酒はどれがいいかね。ここにある物ならなんでも注文してくれ。

――そうだな……それだ、そいつがいい。

ゾロトフがバララーエフの背後を示す。バララーエフがセブンサムライのボトルを取り上げる。

一時停止。ここもおかしい。ゾロトフは漠然と視線で示しただけで、具体的な銘柄は口にしていない。しかしバララーエフは、カウンターの上にひしめくように並んでいたボトルの中からなんのためらいもなくセブンサムライを取り上げた。

——なかなかいい趣味だ。

ボトルを握ったバララーエフは笑みを浮かべてそう呟いた。

確信する。二人は共通の知識として、ミカチューラの好きな酒の銘柄を知っていた。ゾロトフもまたシェルビンカ貿易の事件に関わっていたのだ。それを自分に隠しておきたかったから、二人は互いに知らないふりをした。

己の間抜けさに呆然とする。あろうことか、自分は敵の一味に助けを求めたのだ。モスクワから逃がしてくれと。あのときのゾロトフの顔。驚いたのも当然だ。

シェルビンカ貿易を巡る陰謀に荷担しながら、自分を逃がしたゾロトフの真意は何か。そして現在。〈支配人〉の正体がバララーエフであることをゾロトフは知っていたのだろうか。分からない。分からない。分からない。

「どうした、浮かない顔だな」

隣のシートに座ったゾロトフが声をかけてきた。

「当たり前だ」

努めて素っ気なく答える。

「バラーエフか」

ゾロトフはそうだろうなというように、

「なにしろおまえを嵌めた奴だからな」

「こんな所で奴に会おうとは。奴にだけは龍機兵の機密は売らない。売るときはまずおまえに持っていく」

素知らぬ顔でうそぶいてみせる。

「確かにおまえは賢明さを学んだな。そこだけは奴の言った通りだ」

満足そうにゾロトフが頷く。彼の不審を招いてはならない。彼の注意を惹いてはならない。

「相手の目を惹かず、相手から目を逸らすな」

またも蘇る条文。シャギレフの教えだ。

こちらを見るガムザの視線が鋭さを増す。だが一度蠢《うごめ》き始めた痩せ犬の鼻はどうしても収まらなかった。

《但馬修三。四十七歳。元警視庁組織犯罪対策部第四課主任。退職時の階級は警部補》

資料に添付された写真を見て、合同本部の全員が得心した。眉間のほくろ、細い目、分厚い唇。確かにオズノフ警部が形容した通りの仏像顔だった。

渡会課長が苦渋に満ちた顔で補足した。

「但馬は悪徳警官と言われてもしょうがない男だった。賄賂に横領、強請《ゆすり》に恐喝《たかり》、ヤクザともズブズブだったし、女癖も悪かった。表向きは依願退職だが、いろんな悪事が問題になる前に自分から辞めたんだ。だが実はそれも違っていて、但馬は上から詰め腹を切らされたという説もある」

一同が顔を上げた。

「奴は上の命令で密かに違法な捜査をやっていたらしい。それが表面化しそうになって、上から切り捨てられたというんだ」

警察官である彼らは、渡会の苦い顔の意味を即座に理解した。そういう類いの話は警察内では常に囁かれているが、表沙汰になることはほとんどない。近年はマスコミで報道されたり、内部告発の書籍が出版されたりする機会も増えたとは言え、それでも全体の数からするとごく一部でしかない。体面を第一とし、隠しきれなくなると最後には尻尾を切って幕引きを図る。それが警察という組織である。

　渡会は但馬の腐敗を憎みながら、また同時に警察組織に利用され、追いつめられた彼に同情に近い感情を抱いているのだろう。同じ警察官なら察するにあまりある。

　そこへ、森本捜査員から新たな報告が入った。

〈案の定でした。但馬は三日前から行方をくらませています〉

　また但馬と前後して辞職した吉岡功《よしおかいさお》、熊谷康晴《くまがいやすはる》という元警察官仲間も、同じく三日前から所在不明になっているという。二人とも負けず劣らずの悪徳警官で、かつて但馬の部下であったこともあり、辞職後は行動をともにしていたらしい。

「入札に参加している三人組の日本人は、但馬、吉岡、熊谷だな。確認が取れるまで断定はできないが」

　渡会はそう言って、吉岡と熊谷の資料作成、並びに背後関係の調査を急ぎ部下に命じた。

「この三人が悪党仲間だったとしても、ルイナクの入札に参加して武器を買い付けられるほどの金を動かせるとは思えない。相当な資金力のある組織が後ろに控えているはずだ」

　その間にもウエハラ・リサーチには次々と情報が集まってきた。

《和義幇《フーイーパン》の動向にも目立った変化は認められず。大きな取引、他組織との衝突などの情報も入っていない》

《フォン・コーポレーションCEO馮志文《フォンジーウェン》の行動に不審な点は見受けられず。午前中は日原《にっぱら》興産会長ら財界人四名と面談、会合。昼は加藤余市《かとうよいち》衆院議員と帝国ホテルで会食。現在は丸の内のオフィスで執務中。ただし、馮志文《フォンジーウェン》の第一秘書關剣平《クワンジェンピン》は十日前から同社に出社しておらず、現在も所在不明。関連企業を装って同社に問い合わせたところ、一週間前から香港に出張中であるとの回答あり》

間違いない、關剣平はオズノフ警部の情報通り入札に参加している——一同は確信を新たにし、そして身震いした。黒社会最大組織の一つ、和義幇《フーイーバン》。彼らまでもが新型機甲兵装の買付に名乗りを上げていたとは。

一方、沖津特捜部長は自らが作成したファイルを全員に配った。エドゥアルト・セミョーノヴィッチ・バララーエフに関する資料である。

《サンクトペテルブルク出身。内務省オムスク高等民警学校卒。父セミョーン、母アリョーナはともに地区初等教育機関の教師。元内務省中央機構参事官。官職を辞し実業界に転身。在職中から武器密売その他の犯罪に関与。特に天然ガス供給を巡る不正疑惑では、ガスプロムをはじめとするエネルギー産業への利益誘導に大きな役割を果たした。ケイマン諸島、クック諸島、ドミニカ他のタックスヘイブンで洗浄した資金を大統領府、内務省に還元し、自らの地盤を固める。資金の主な提供先は次の通り——》

城木と宮近は一読してすぐに悟った。

「部長、この資料の出所《でどころ》は……」

顔を上げた宮近に、沖津は頷き、

「そうだ。外務省だ。情報源が明確に特定できる記述は削除したがね。君達には念を押すまでもないだろうが、極秘だよ」

確かに言われるまでもなかった。関わりたくもない秘密。他国のそうした腐敗を察知しながら、それを外交カードとして秘匿する。国家間のゲームに正義というパラメータは存在しない。

「真相は依然不明だが、かつてモスクワでオズノフ警部を嵌めた張本人の一人がこのバラーエフだ。マルヂの正体が彼だとは、さすがに想像もしていなかった」

「どうするつもりですか、沖津さん」

渡会課長が語気も荒く沖津に迫った。組対の実務班を束ねる彼は、当初より尋常ならざる気迫で捜査に臨んでいる。黒ずんだ彼の面上には執念とでも称すべきものが漲《みなぎ》っていた。

「マルヂとオズノフとの間にそんな因縁があったなんて、想定外もいいところだ。オペレーションにどんな影響があるか」

「影響がないとは言えないでしょう」

沖津もさすがに内面の苦衷を覗かせ、

「予測できたなら私も違う手を考えた。到底無視できないリスクだ。しかしもう後戻りはできない。オペレーションは続行。他に道はない」

「そりゃそうでしょう、オズノフに戻ってこいと命令する方法さえないんですからね。那須で最後の連絡があってからだいぶ経ってる。とっくに正体がばれてる可能性だって」

その可能性は全員が感じていた。あまりに時間がかかりすぎている。激しい焦燥に駆られながらも、誰もがあえて口にするのを憚《はばか》った。

オズノフ警部はすでに殺されているのではないか――

「責任は私が取る」

沖津ははっきりと明言した。

「オズノフ警部を抜擢したのは私だ。このオペレーションの潜入捜査員に選んだのも、そもそも特捜部の一員に選んだのも、すべて私が決めたことだ。私は彼を信頼している。今回のオペレーションが失敗した場合、私は全責任を取るつもりでいる。そのことはすでに総監にお伝えしてある。門脇《かどわき》組対部長にも」

不退転の覚悟を示す相手に、渡会は黙った。しかし彼が心の底から納得しているわけではないことは、その獰猛な目つきからも明らかだった。

二本松、福島西、福島飯坂——

車は東北道をさらに北上している。

［目と耳と鼻を決して塞ぐな］

まだある。まだ何か。そんな気がしてならない。

［自分自身を信じろ］

ボゴラスの教え。自分を信じろ。自分の直感を信じろ。

自分は何かを見て、何かを聞いた。

——親父が売ったヤクをどういうわけかお袋が手に入れて自分で使い、それで死んじまったらしい。

『骸骨女』。目を背けたくなるような罪を背負った妖怪。自分の赤ん坊を自分で食べた。

この話はどこかで聞いたような気がする。リーリヤが教えてくれたのか。違う。リーリヤは民間伝承に材を取った小説にも大いに興味を持っていたが、身の毛のよだつような気味の悪い話や怪奇物は苦手で聞くのも話すのも嫌がった。

集中しろ。集中して考えろ。だが高速の標識は見逃すな。ゾロトフとガムザの注意も惹くな。

自分はいつ、どこで骸骨女の話を聞いたのか。

『クロッキー』だ――

骸骨女の話を聞いたのではない。同じ構造の話を知っていたのだ。署で同僚達と何度か放映を観たテレビドラマ。のちに映画にもなった。

不意に脳の回路を白熱した電流が走り抜けた。

――『クロッキー』のアルバトフは評判がいいようですね。

――そうかね、あんな奴が。

――もう観たんですか。

――いいや。観なくても充分だ。あれは俺みたいなものだからな。

映画の話。ミカチューラとレスニクの会話だった。

レスニクも自分も、あのときはミカチューラが人気俳優のアルバトフと自分を同一視して言っているように聞いていた。思い返すこともなかったシーンを頭の中で再生する。カシーニンの〈課題〉に取り組むように。

レストランの席。スローで再生。メインはチョウザメのグリル。ウォッカはセブンサムライ。停止。巻き戻す。もう一度スローで。レストランの席。上機嫌のミカチューラ。三人で乾杯する。一時停止。ミカチューラの曖昧な笑み。自負のようでもあり、自嘲のようでもある。彼は言う――あれは俺みたいなものだ。

ミカチューラが同一視していたのは俳優のアルバトフではない。役の方だ。

銃密売人という設定のクロッツキーは確かにミカチューラの同業者と言える。しかしその規模はまるで違う。シェルビンカ貿易の代表として武器密売市場を牛耳っていたミカチューラからすると、街角レベルの売人など道端の虫にもゴミにも等しい存在だ。

役でもない。物語のモデルになった実在の事件の方だ。

サヴィツキー事件。銃の密売人ステパン・サヴィツキーは自分の売った銃で自分の息子を殺された。

［見方を変えて違う角度から見ろ］

映画のシーンを入れ替えるように、すべての事象を並べ替える。そして違う角度から眺めてみる。カシーニンの教えの通りに。

サヴィツキー。ミカチューラ。シェルビンカ貿易。ネストル・ゾロトフ。

すべての核に骸骨女がいる。恐ろしい罪に破滅した女が、今も世界のすべてを呪っている。

だとすると、あの折り鶴の意味は――

ユーリはおぼろげに見たように思った。フロントガラスの先に広がる光景ではなく、背後に遠く流れ去った何かの輪郭。自分を陥れた呪いの正体。だが今の自分にそれを確かめるすべはない。

ゾロトフとガムザに胸中の焦燥を悟られぬよう押し殺し、退屈そうな顔で横を向く。車窓に雪がひとひら、貼り付いた。それは少しずつ数を増し、天候の悪化を予感させた。

仙台南が一キロ先に迫っていた。

5

同日午後五時二十三分。組対五課の森本耕大は、豊島区長崎の民家を訪れた。一戸建ての平屋で、築何十年か見当もつかない。裏は線路に面していて、西武池袋線が通過するたびにはっきりと騒音が聞こえる。見た目に反して神経の細かい森本は、自分ならこんな所に到底住めないだろうと思った。古いのはいい。ネズミもゴキブリも平気だ。しかし音だけは耐えられない。それでなくても寝つきは極端に悪い方だ。これでよく刑事が勤まると自分でも思う。

立て付けの悪そうな玄関に毛筆で［篠田《しのだ》均《ひとし》］と書かれた表札が出ている。家の主の老人から電話で教えられた通りであった。

ブザーを押すと、すぐにドアが開かれた。

「君が森本君か。待っとったよ。汚いとこだが、まあ上がってくれ」

篠田は予想したよりはるかに気さくな人柄のようだった。警察OBの中でもダークサイドに顔が利くと言われれば、誰でも狷介《けんかい》な人物を想像する。

奥の間に通された森本は、勧められるまま卓袱《ちゃぶ》台《だい》の前に座ろうとして、茶箪笥の上に置かれた大量の薬袋に目を止めた。

篠田はすぐに彼の視線に気づき、穏やかな笑みを浮かべた。

「癌なんだよ。トシがトシだし、手術しても見込みはないって医者に言われて。金もないから、こっちも、じゃあ薬でいいですって」

どう応じればいいか、森本は言葉に詰まった。

「気にせんでくれ。私ももうなんも気にならんからな。いっそ気分がいいくらいだ」

はあ、としか言えなかった。目の前の元警察官はとても病気には見えなかった。老人の態度と口調があまりに快活なものであるせいかもしれない。

森本が彼の元を訪れたのは、警察OBのネットワークを当たったところ、最近の但馬の動向を知っていそうな人物として紹介されたからである。

但馬が元部下の吉岡、熊谷とつるんで行動していることを篠田はすぐに認めた。

「あいつはね、悪い奴だけど、上も悪いよ。もう亡くなってるが組対部長だった木村《きむら》さん、今の部長の門脇さんじゃなくて、前の木村さんが上ばかり見る人でね、刑事局だけでなく備局《びきょく》（警備局）とかの偉い人と組んで、ダークなことを全部但馬にやらせてたんだ」

余命幾許《いくばく》もないという思いからか、あるいは相手が同じ警察の人間だと安心しているからか、篠田は歯に衣着せず思わぬ内部批判を始めた。概して警察ＯＢは口が固いもので、特に篠田のように退職後もわけありの筋の面倒を見ていた人間は、組織について迂闊なことは口にしない。だが篠田は、極めて具体的に人名や組織名を挙げてエピソードを披露した。そうした話を森本も耳にしていないわけではない。むしろ組対という部署の一員として日常的に聞いている。しかしここまであからさまな現場の証言として聞くことは滅多にない。

また篠田はそうした話を、愚痴や批判としてではなく、ましてや暴露や告発でもなく、あくまで世間話として明朗な口調で語っている。達観というよりはむしろ、そうした会話自体を楽しんでいるようだった。警察に関することはなんであれ、篠田の人生そのものと言っていい。たとえ一時の会話でも、彼は自分の人生の記憶や情報を誰かと共有したいと欲しているのだ。ネタを振るのは、自分の元を訪れた若い客の興味を惹きつけたいというサービスの心理だ。

「辞めた後も但馬はいろいろヤバイことに関わってたみたいだな。いや、ひょっとしたらそのために辞めたのかもしれん」

「え、どういうことですか」

意味がよく呑み込めずに訊き返したところ、篠田はさらに思いがけないことを話し始めた。

「去年の秋、特捜の兵隊が拉致される事案があっただろ。川崎のショッピングセンターかどっかで外人が四人射殺されたアレだ」

「ああ、はい」

警察官なら誰であっても覚えている。特捜部の契約する傭兵の一人、姿俊之警部が横浜で元上官の外国人犯罪者に拉致監禁された事案だ。神奈川県警が潜伏現場のショッピングモール跡を包囲する前に、被疑者である外国人四名は全員が特捜部のライザ・ラードナー警部に射殺された。いくら相手が武装していたとは言え、皆殺しとは行き過ぎにもほどがあると全警察官が憤ったものだ。被疑者の背後関係については特捜も本庁も入念に調査を行なったが、結局何も出なかったと聞いている。

「名前は忘れたけどあのとき殺された主犯の外人、六本木のクラブで但馬と一緒にいるところを元生安《せいあん》(生活安全部)の大竹《おおたけ》さんが見たって話があるんだ」

「本当ですか」

「うん、知ってるだろ、大竹さんも、まあいろいろあって辞めちゃった人だから、相手の外人を一目見て、但馬も相変わらず胡散臭いことやってるなって思って声もかけなかったらしい。それきり忘れてたのが、週刊誌かなんかに載った写真を見てあのときの外人だと気づいたって。大竹さんも心得てるから余所《よそ》じゃ口にもしないけど、現役捜査員の誰かにだけはそれとなく伝えたらしい。でもそれっきりで音沙汰なし。大竹さんも絶対に確信があるってほどじゃなかったから、あれはやっぱり見間違いだったのかなあってぼやいてたけどね」

森本はさらに具体的な詳細を尋ねたが、相手もそれ以上は知らなかった。彼は丁重に礼を述べて立ち上がった。篠田はもう少し話したそうにしていたが、時間に追われる警察官の仕事は誰よりも理解している。「またいつでも寄ってよ」と快く送り出してくれた。

篠田の家を出た森本は、早足で歩きながら携帯を取り出し、聞いたばかりの話を上司の渡会にすべて報告した。

ウエハラ・リサーチでは特捜側の人間が一様に衝撃を受けていた。

「但馬がネヴィルと会っていただって？」

呆然と宮近が呟く。

米国籍の職業犯罪者クリストファー・ネヴィル。東ティモール軍外人部隊における姿俊之の上官で、正体不明のクライアントから姿の拉致を請け負ったとされる人物である。

「捜査員に伝えたというが、そんな情報、こっちにはまったく上がってない。どういうことなんだ」

いつ如何なるときも温厚な城木理事官が珍しく激昂していた。警察という組織が、意図的に有力な情報を握り潰した可能性さえあるからだ。

宮近が上司の沖津を振り返り、

「但馬とネヴィルがつながっていたとすると、もしかすると、但馬はあの〈敵〉の——」

何かを言いかけて、彼ははっとしたように言葉を切り、組対側の面々を横目で見た。その迂闊な動作がかえって組対側を刺激した。

「あんたらの秘密主義はもうたくさんだ。何かあるんならはっきり言ってくれ」

渡会が沖津に詰め寄った。その前に城木が立ち塞がる。

「待って下さい渡会さん、現に情報が潰されてる。こんな状況では」

「潰されたと決まったわけじゃない。本当に見間違いだったたってこともある」

「しかし」

「いいんだ、城木君」

憤激する城木を沖津が制する。彼は落ち着いた態度で渡会に言った。

「宮近理事官が言及しようとした案件に関する報告は適切な形で上げています。それをどう分析するかが各所の判断に委《ゆだ》ねられているだけです」

「回りくどい言い方はよして下さい。こっちも腹括《くく》って聞いてますから」

「特捜では、去年の地下鉄立て籠もり事案やＩＲＦテロ事案の背後に、ある共通した勢力――我々は仮に〈敵〉と呼んでいますが――そうした勢力が介在していて、外国人犯罪者やテロ組織に適宜情報を流していたと考えています」

「例の妄想ですか。聞いてますよ」

「妄想かどうかは各所の判断というわけです」

「馬鹿げた話だ。だったらその〈敵〉は――」

不意に渡会が黙り込んだ。何かに思い至ったようだった。

沖津は相手の心中を見抜いたように、

「そうです。〈敵〉は警察の中にいるというのが私の分析です。だから宮近理事官はあからさまに表現するのをためらったのです。下手に関われば渡会さん、あなたの将来にも多大な影響を及ぼしかねない」

「そうじゃないでしょう。沖津さん、あんた、俺達も疑ってるんだ。前組対部長の木村さんみたいに、上層部と裏でつながってるんじゃないかって。つまり俺達も〈敵〉とやらの容疑者ってわけだ」

「その可能性を否定する材料を我々は持っておりません」

平然と認めながら、

「しかし今は、進行中のオペレーションが最優先です。合同本部内では情報の共有が鉄則であると私は考えています。我々が疑心暗鬼に陥ればオペレーションは失敗する。そしてオズノフ警部の命も失われる」

全員が息を呑んで二人のやり取りを見つめている。

「いいでしょう」

やがて渡会は開き直ったように、

「どうせこっちも後に退《ひ》くつもりはないんだ。退いたら俺はあの世で安藤に合わせる顔がない。さっきも言った通り、腹はとっくに括ってる。あんたの説が妄想だと証明するためにも、さあどうぞ、遠慮なくおっしゃって下さい」

それはぎりぎりの妥協であり、協調であり、挑発であった。渡会にとっても、沖津にとっても。

「分かりました」

沖津は一同に向かって発した。

「但馬のグループは〈敵〉の実動部隊であると思われる。但馬が辞職したのは、悪事の露見を怖れたからでも、詰め腹を切らされたためでもない。おそらく但馬は在職中に〈敵〉にリクルートされたんだ。いや、形としては逆リクルートとでも言うべきか。但馬は〈敵〉の密命を受けて自ら警察を離れ、元警察官を組織して非合法任務に就いた。姿警部拉致の依頼を受けて来日したクリストファー・ネヴィルへのアテンドもその活動の一環であったに違いない。〈アテンド〉とは外務省用語で便宜供与を意味している」

渡会はじめ組対側が啞然とする。沖津の仮説は、彼らの予期した妄想をはるかに上回るものだった。

対して特捜側の城木と宮近は、蒼ざめつつも真剣に頷いている。これまでの〈敵〉の手口、そして周到な戦略を知る彼らには、沖津の推論を根拠のない妄想と断ずる余地などあるはずもなかった。

「〈敵〉は但馬のグループを入札に送り込んだ。〈敵〉もまた新型機が龍機兵ではないかと疑っているのだ」

全員が戦慄する——ただでさえ予測のつかないオペレーションが、さらに予測不能となったことを理解して。

時刻は午後六時を過ぎている。オズノフ警部からの連絡は未だない。

仙台南で高速を降りた車は、名取川に沿って伸びる仙台南部道路を東進した。そして仙台若林ジャンクションから仙台東部道路へと移り、南へと引き返すように向きを変える。名取川を渡って名取で一般道に出た。折からの雪にうっすらと覆われたその先には、きらびやかな新築の遊興施設と闇に沈む廃墟とが入り混じる奇妙な光景が広がっていた。

真の会場。その場所を推察して、ユーリは内心に呻いた。

宮城県名取市閖上《ゆりあげ》。古くから栄えた漁港は、二〇一一年の震災で壊滅的な打撃を被った。復興は遅々として進まず、周辺の瓦礫さえ大半が放置されたまま年月が過ぎた。そこで他県出身の政治家がぶち上げたのが［外国人誘致特区に関する特別法案］だった。復興支援の切り札として、閖上港を観光用に整備して外国人観光客の誘致に努める。むろんそれだけで観光客が来るほど甘くはない。誘致特区はまた〈カジノ特区〉でもあった。法案は可決され、主にアメリカの業者と金とが閖上に流れ込んだ。マカオやラスベガスをモデルに建設されたカジノ付き高級ホテルに果たして外国人は集まった。しかしその大半は国や地元が期待したような善良な観光客ではなかった。以前の鄙《ひな》びた漁港の空気は還ることなく、いたずらに治安と風紀が悪化した。治外法権などではもちろんないが、警察は特区でのトラブルについては自ずと及び腰になった。特別法の条文自体が曖昧な玉虫色で、どうとでも解釈できるものであったためである。こういう状況において警察の動きは最も消極的で鈍いものとなる。責任を回避しようとするのが警察組織の本来有する体質であるからだ。裏切られた地元の怒りと世論の批判が高まった頃には、主導した政治家はすでに別の政党に鞍替えしていた。ホテルの建設ラッシュは止まったが、その結果、放棄された施設と、その以前から放棄されていた瓦礫とが残った。一部のホテルは今も営業を続けている。批判する住民側も特区がなくなればもはや生活が成り立たない。そうした地元の思惑と、出資者の利権とが複雑に入り乱れた結果、特区の指定取り消しも規制の強化もなされないまま今日に至った。かくして東北の漁港は多くの不良外国人が闊歩する魔窟と化した。

考えたな――

ユーリは声を上げずに感嘆する。ここならば外国人が多数出入りしても目立たない。また警察も少々のことでは踏み込んでこない。高級ホテルがあるから国際ブローカーの会合にも向いている。新型機甲兵装のデモンストレーションと入札にはもってこいだ。

復興支援特区法案を提唱した政治家には大手広告代理店と官僚がつながっていた。聖なる腐敗の三位一体。かつて嫌というほど見た構図だ。日本もロシアと同じに腐っている。相似の構造。これも骸骨女の呪いなのか。骸骨女はウクライナの妖怪だとゾロトフは言っていた。原発事故を起こしたチェルノブイリはウクライナの街だ。どこまでも果てしなく相似する。

車は港に近い真新しいホテルの敷地に入った。思った通りだった。『閖上ベイパレスホテル』。日はとっくに暮れ果てた午後六時十七分。

エントランス前の駐車場には二台のエルグランドが先着していた。先発したグループは和義幇《フーイーパン》の闞《クワン》をはじめとして三組だ。一台足りない。また尾行が発覚したのか、あるいは別のルートを使っているため到着が遅れているのか。

ホテルの従業員がユーリ達を出迎える。日本人を含むアジア系と、ブリガーダらしいロシア人からなるスタッフだった。

「やっと着いたか」

車から降りたゾロトフが雪を全身で受け止めるように伸びをする。

ユーリはさりげなく周囲に目を走らせた。中規模のホテル。植え込みは手入れされておらず、一部は未完成のまま放置されている。豪勢なようで空疎な造作。新しい建物全体を覆う空気は、廃墟のそれより朽ちて昏《くら》い。営業はしているようだが、少なくともまともな客相手ではない。これ見よがしに配置された警備員と監視カメラ。脱出は困難だ。

海から吹きつける風が肌を刺す。災厄に見舞われた土地の寒さだ。天災だけでなく、それを上回る人災に大きく傷つけられ、未だ立ち直れずにいる。今のユーリには、東北の寒さがロシアの寒さに通じているようにも思われた。

ロビーでは闞《クワン》とセドランのグループが休息していた。闞はサングラス越しにユーリを見た。それだけだった。彼の冷ややかな外見から読み取れるものは何もなかった。

ユーリとゾロトフがソファの一つに腰を下ろした直後、三番目に出発したアーザムのグループが入ってきた。やはり到着は前後しているようだ。続けてクレアンガと但馬のグループが同時に着いた。最後にデルガドが到着してすべてのバイヤーが揃った。

午後七時、ブラギンが一同をホテルの地下へと案内した。ロビーに掲げられていた案内図によると、地下にはカジノの他にプールやスパなどのフィットネス施設が設けられているはずだ。

武装した多数のブリガーダに囲まれて、一行は異様に長い階段を下りる。

地下にあったのはカジノでもプールでもなかった。内装もされずにコンクリートが剝き出しになったまま工事途中で放置された広大な閉鎖空間だった。

巨大な体育館のように四角く広がる闇の塊。そのひんやりと湿った空気に、ユーリは漠然とソコリニキの廃墟を思い出した。国家と官僚と犯罪者による忌まわしい暴力の檻。一見すると似ていない。ここには血の跡など見当たらないし、あの廃墟の地下室に比べると天井ははるかに高い。またあそこは無数の小部屋に分かれていたが、ここには仕切りはなく見通しがいい。にもかかわらず、名状し難い忌避感が体の深部から肌をざわめかせる。記憶に残るあの場所に、なぜかそこは酷似しているように感じられた。

所々に積み上げられたドラム缶や埃を被った建築資材。間隔を空けて配置された工事用照明の強烈な光が、殺伐とした地下の闇の深さをいや増している。

そして壁際に佇立する三体の巨人。『ドモヴォイ』『ドヴォロヴォイ』『バーバヤーガ』。三機とも暗緑色を中心としたデジタルフローラ迷彩で、戦場からそのまま運んできたかのように塗装が一部剝げていた。

バイヤー達が顔を見合わせる。いずれも世界の紛争地帯ですでに広く流通しているロシア製の機種である。

「まさかあれが商品だって言うんじゃないだろうな」

クレアンガがそう漏らしたとき、一同の背後から声がした。

「もちろん違う」

濁った赤と白とが縦縞を織りなす髪の男が、護衛を引き連れ入ってくる。

「誰だ」

デルガドの問いに、バララーエフは悠然と答える。

「〈支配人〉だ」

バイヤー達の間にざわめきが起こった。

「エドゥアルト・バララーエフという。遠路のお越しに感謝する。あの三機はデモンストレーションの対戦相手として用意した」

「対戦相手？」

聞き返したデルガドに、

「そうだ。新型機のプレゼンテーションには、実際に格闘戦をご覧頂くのが最善だと考えた」

流暢な英語だった。

「八百長のやらせじゃないという保証は」

「保証は無用だ。なぜなら、お目にかけるのはどちらかが死ぬまで戦うデスマッチだからだ」

武器商人達はその意味をすぐに察した。機甲兵装を同じく機甲兵装で制圧した場合、被制圧機搭乗者の致死率は相当に高いものとなる。ましてや死ぬまで戦わせるというのなら、新型機の搭乗者も対戦機の搭乗者も、文字通り死力を尽くして戦わざるを得ない。

しかし——

全員の疑問を代弁するようにゾロトフが口を開いた。

「お勧め商品がそれほど凄い機体なら、旧型機に勝ち目はない。そうと分かってて乗りたがる奴がいるのか」

「簡単だ。死ぬことが決定している人間を集めたんだ。それも腕の立つ元軍人ばかりね」

バララーエフは笑顔で応じた。吐き気のするほど傲慢で涼やかな笑みだ。

「組織の金を使い込んだ者。秘密を漏らしたスーカ。それに敵対組織の捕虜だ。明日のない彼らに、旧型機で勝てば大金と自由を与えようと囁けばどうなるか。せっかくのチャンスを拒んで殺されるか、万が一の望みに賭けるか。誰であっても選ぶ道は一つしかない。違うかね」

バイヤー達は納得した。その冷酷なロジックに。眼前の奇妙な髪の男は間違いなく〈支配人〉だ。

「そういう人間を三人用意した。彼らの喫緊の心配事は、死ぬことじゃない、自分より先に登板した選手がまかり間違って新型機に勝ってしまわないかということだ」

アネクドート（小咄）を語っているかのようなバラーエフの口調に反し、客側にはくすりとも笑いは起きない。他人の命ではない、自分の金が懸かっているからだ。

「それで、肝心の商品は」

鋭く質す声が上がった。日本人グループの但馬だった。

バラーエフは三機とは反対側の一隅を指差した。そこにカーキ色のシートで包まれた巨大な物体があった。四人のスタッフが駆け寄ってシートを外す。同時に別のスタッフが工事用投光器を向ける。スポットライトを当てられたかのように、未知の機体が浮かび上がった。

「これが今回の目玉だ」

身長三メートル強。濃いグレーの単色塗装。従来の機甲兵装より小柄で手足が細長い。敏捷性を強調するためか装甲は薄めとなっている。

外見は確かに新しい。人間とまではいかずとも、直立した肉食獣のようなシルエットを有している。この機体に比べると、従来機はいずれも戦車のような無骨さを脱し切れていない。サイズだけ見ても従来型とはかなり印象が異なる。肩幅、股幅がずいぶんと狭い。アップライト式、あるいは半跨座式にせよ、従来型のシートと操縦装置、表示装置を備えたコクピットはかなりまとまったスペースを要する。このサイズからするとそうしたコクピットを内蔵するのは難しい。

もしやマスター・スレイブ方式では——

新型機甲兵装の外見からユーリはそう推測した。搭乗者の体の動きがそのまま機体の動きに反映される操縦方式。

龍機兵の登場に刺激され、各国のメーカーはマスター・スレイブ方式やBMIの開発に余念がないと聞いている。実際問題としてそれぞれの技術は一応の実用レベルに達しているし、BMIは第二種でも一部採用されている。マスター・スレイブ方式の技術を製品段階まで持ってきたのがこの新型機なのだろうか。あるいは、もっと別のシステムなのか。

それこそ龍機兵の龍骨‐龍髭システムのような。

だが外見だけではとてもそこまでは判別できなかった。

「反応速度、機動力、攻撃力、あらゆる点で従来機種を上回る次世代型機甲兵装。それがこの『キキモラ』だ」

ユーリはなおも食い入るような目で〈商品〉を吟味する。極力バイヤーの目つきを装ってはいるつもりだが、但馬のような男には、買付に熱中するバイヤーではなく、捜査中の刑事の目だと見抜かれるかもしれない。そう気づいて静かに全身の力を抜く。幸い但馬らの視線はキキモラに釘付けになっていた。

慎重なバイヤーとして当然の質問であるとも言えた。だがそれは品定めに

ユーリは再び緊張する。但馬は新型機の出所を探ろうとしている。

「どこで製造された機体か、まずそれが分からないと話にならない」

但馬が再び質した。

「メーカーは」

「そうだ、能書きはいい。ブツの出所を言え」

パキスタン人のアーザムが例によって同調の意を示し、バララーエフに詰め寄った。

「あなたがご存じないとはね」

〈支配人〉は底意地の悪い目で相手を見る。

「パキスタンだ。それだけ言えば分かるだろう。もっとも『キキモラ』というのは当方でつけた商品名だがね」

「やはりそうか」

アーザムには思い当たる節があるようだった。他のバイヤーの中にも頷いている者がいる。機甲兵装の製造開発にパキスタンが相当の国力を傾注していると、ユーリも何かの記事で見た覚えがあった。

パキスタンにはかつて核関連技術を流出させた前歴がある。国家機関によるものではな

く、アブドゥル・カディル・カーンという一個人による犯罪だが、それを可能とする腐敗した環境――カーンの〈ビジネス〉に承認を与えた司法官、行政官、軍人――がパキスタンには揃っていたのだ。その状況が今日《こんにち》もまるで改善されていないことがはからずも明らかとなった。そうした腐敗にアーザムのような密売人が際限なく群がって、国家と人心の根幹を回復不能なまでに侵蝕する。

「妙な動きがあるとは聞いてたんだが……畜生、出遅れた」

アーザムは悔しそうに呻いた。情報戦で先んじられたため、自国発の技術でありながらルイナクを通した価格で購入しなければならなくなったからだ。

セドランは心底嬉しそうな笑みを浮かべ、

「やはり君はビジネスが分かっていない。情報こそが命だというのにねえ」

アーザムは陰湿な目で相手を睨んだが、太ったフランス人はにこにこと明るく微笑むだけだった。

出所はパキスタン。キキモラがもし龍機兵と同一の研究機関によって開発された兄弟機ならば、龍機兵もパキスタン製ということになる――

さまざまな思考を巡らせながら、ユーリは但馬の様子を再度確認する。

仏像のような顔の日本人は底光りのする目でじっとキキモラを見つめている。その目にはやはり他のバイヤーとは違う不穏さが感じられた。

6

その後バイヤーの各グループはそれぞれホテルのスイートに案内された。

試合開始の予定時刻は午後九時。それまでの一時休憩である。

夕食はルームサービス。レストランやバーは営業していないという。他の宿泊客もいないようだった。当然だ。地下にはパキスタンから違法に持ち出された新型機甲兵装があるのだから。名義はどうあれ、ホテルの実質的なオーナーはバララーエフの組織なのだろう。

ホテルの外へは出るなと念を押されたが、ホテル内の移動は特に禁じられなかった。ただし地下への立ち入りは厳禁である。

ティエーニのグループに用意された部屋は最上階の十階だった。案内したスタッフがドアを閉めて去った後、ユーリはさりげなくバスルームに入った。鍵をかけ、洗面台に備えられているアメニティを確認する。石鹼、クリーム、ローション、歯ブラシ、カミソリ、ヘアブラシ、ヘアキャップ、綿棒、コットン、ソーイングセット。

トイレを使い、水を流してバスルームを出る。ゾロトフはアームチェアに座ってルームサービスのメニューに目を通している。ユーリも彼と向かい合うように腰を下ろした。ガムザはドアの近くで控えている。

「入札までそう時間はない。早速夕飯といこうぜ」

遠足に来た小学生のように興奮を隠しきれないといった様子で、ゾロトフはメニューのページを繰った。

「何か簡単なものでいいだろう。だがウォッカだけは譲れない」

そしてドリンクのページを開き、

「プレミアムウォッカはルースキースタンダルト、アズ、カウフマン……それに、セブンサムライ」

一瞬ユーリはゾロトフを見た。その視線の動きを、相手は真正面から捉えていた。狡猾なヴォルの目で、じっとこちらを見据えている。

「やっぱり気づいていたんだな」

表情が一変していた。口調も態度も。

引っ掛けられた――

ゾロトフはこちらの瞳の色を読むために、あえて「セブンサムライ」と口に出したのだ。

声を失う。ロシア裏社会の大物ティエーニ。その名にふさわしい老獪さだった。何もかもが一枚上手だ。

「バラーエフと昼に飲んだとき、俺もしまったと思ったんだ。もしやと思って試してみたんだが……よく気づいたな。さすがは最も痩せた犬達の一匹だ」

完全に読み取られている。言い抜けはできない。

「おまえもシェルビンカ貿易の件に絡む一味だったたんだな」

「そうだ」

悪びれる様子もなく頷く相手に、

「そうとも知らず、あのときおまえを頼って逃げ込んできた俺は、さぞ間抜けに見えたろうな」

「慰めるわけじゃないが、それほどでもなかったぜ。むしろこっちの方が間抜けな顔をしてたんじゃないか。あのタイミングでおまえが俺のところへ来るとは思ってもいなかったからな」

偽らざる述懐のようだった。あのときのゾロトフの顔を思い出す。ポヴァルスカヤ通り裏の二階の部屋。開かれる黄色いドア。黒いセーターを着たゾロトフが顔を出す。心底驚いたようにこっちを見ている——「あのタイミングで」？

ユーリの瞳の奥で閃《ひらめ》いた光を、ゾロトフはまたも見逃さなかった。

「またよけいなことを言っちまった」

掌で自分の額を叩いた相手の仕草に、ユーリは直感が正鵠を射ていたことを悟る。

「おまえがレスニクを殺したんだな」

否定してくれ。

今までずっと勘違いをしていた。あの日自分は、マンションの部屋に手袋を取りに戻ったため死を免れたと思っていた。だが真実はまるで逆だった。殺人者の方が自分とレスニクが離れる瞬間を狙っていたのだ。

否定してくれ。

ゾロトフはゆっくりと頷いた。

「そうだ」

椅子を蹴って立ち上がる。激情を抑えきれない。長年の鬱積と怨念が、深奥から堰を切ったように込み上げてくる。

もっと早く気づくべきだった。その犯罪によって利益を得る者を疑え。ダムチェンコ班によるグルシチャクの逮捕後に再会したとき、ゾロトフは言っていた。「奴がいなくなってくれたおかげで、燻ってる俺にも少しは浮かぶ目が出てきた」と。そしてミカチューラと彼の〈屋根《クリシャ》〉であったボスのジグーリンが殺された後、モスクワの武器密売業界で頭角を現わしたのは——

「ミカチューラを殺《や》ったのもおまえか」

「ああ。だがジグーリンは違うぜ。あれはチェーカーの仕事だ」

「おまえはどうして俺だけを殺さなかった」

「さあな」

ゾロトフは首をすくめた。自分でも不思議でならないといった顔。

——さあな。

蘇る。遠い日のやり取り。放課後の校庭。学生切符を返そうとしたときだ。

——分からないんだよ、自分でも。

「確かにおまえも一緒に殺す手筈になっていた。実際あのとき一緒にエレベーターから降りてきてたら、俺はおまえも殺していた」

「なのにその後でのこのこ飛び込んできた俺をモスクワから逃がしたのか」

「ああ。我ながらどうかしてる」

そのおかげでアジアでの地獄巡りが始まったのだ。自分の運命はゾロトフに弄ばれている。自称する通りのメフィストフェレスだ。

「俺を逃がして、おまえはどうして無事でいられる」

「結果なんだよ。何もかも駆け引きの」

「どういうことだ」

「おまえはその程度の雑魚《ザコ》だったってことさ」

愛嬌に満ちた憎まれ口。

「〈支配人〉の正体がバララーエフだと知っていたのか」

「まさか。知っていたらおまえを連れてくるものか。さすがの俺も驚いた。奴が俺を知らないふりをしてくれたんで咄嗟に乗っかったがな。奴は昔の事件については徹頭徹尾とぼけ通すつもりだぜ」

「じゃあおまえが話せ。すべての理由だ。ミカチューラを殺した理由。何も知らない俺やレスニクまで殺さなければならなかった理由。それに俺を助けた理由もだ」

「そこまで教えてやる義理はない。本来は俺だっておまえには全部秘密にしておくつもりだったしな」

のうのうと言う。言葉のすべてが矛盾を孕む。どこまでも人を翻弄《ほんろう》するメフィストフェレスの真骨頂だ。

「ところで入札はどうする。続けるか。ここで降りるか」

ゾロトフが静かな口調で訊いてきた。

背後でガムザの殺気が高まりつつあるのを感じる。逃げられない。解答を誤れば死だ。

覚悟を決めて答える。

「すべてを割り切るつもりでなければ、こんな仕事は最初からできない」

「分かってるじゃないか」

「俺はいろんなものを捨ててきた。警察官としての意地も誇りもだ。勘違いするな。貸しはでかいぞ。償《つぐな》いはビジネスでしてもらう」

「そうしよう」

「シェルビンカ貿易の真相もいずれ必ず吐かせてやる。だが今は目先の仕事だ」

踵《きびす》を返してドアに向かう。目の前をガムザが塞いだ。

無言で睨み合う——三、四秒。

後ろからゾロトフが呑気《のんき》な声をかけてきた。

「夕飯はどうする」

「要《い》らん」

「そうか」

ゾロトフは視線をメニューに戻す。ガムザは脇に退いて出口への通路を開けた。

廊下に出てエレベーターに向かう。歩きながらユーリは大きく息を吐いた。

なんとか切り抜けた——いや、本当に切り抜けられたのか？

さまざまな思いが一度に渦巻く。レスニクを殺した実行犯はゾロトフだった。あのとき自分は助かったのではなかった。ゾロトフが見逃してくれただけだった。なぜ。どうして。

際限なく湧き上がる疑問を一旦封じ、強引に頭を任務に切り替える。警察官としての潜入任務に。真の会場の場所を合同本部に伝えるのだ。

窓の外は雪だった。到着した頃よりも勢いを増している。ホテルの敷地外に出るのは難しいが不可能ではない。だが、外に出たと知られた段階で入札は即座に打ち切られるだろう。警官隊が到着する前に関係者は逃亡し、新型機甲兵装はどこか別の場所へと移送される。警察が間に合ったとしても、一味が地下の機甲兵装で抵抗したら、間違いなく多数の死傷者が出る。宮城県警の機動隊には機甲兵装は配備されていない。

外部に連絡したと悟られることなく通報し、試合開始の時間までに戻らねばならなかった。新型機『キキモラ』が龍機兵かどうかの確認はできなかったが、もはやそこまでの余裕はない。

エレベーターで一階に下り、散歩を装ったそぞろな足取りでロビーに向かう。

途中でこちらに歩いてくる者と出会った。闞剣平《クワンジェンピン》だ。やはりホテル内をぶらついているようだった。

［相手の目を惹かず、相手から目を逸らすな］

恐怖を抑え込み、怯まずに足を進める。

すれ違いざま、闞はサングラス越しにこちらを見た。無遠慮で不敵な視線。嗤っているように感じた。おまえの狙いはすべて分かっているぞとでも言うように。

闞はどうしてこんな所を歩いているのか。本当にただの散歩か。自分と同じく、何か目的があってのことか。分かるはずもない。彼の存在を頭にとどめつつ、意識して自分の行動に集中する。

不意に横から声を浴びせられた。

「おい、痩せ犬」

反射的に顔を向ける。

左側の廊下から但馬がくわえ煙草で歩いてくる。彼は頬のたるんだ頭部を巡らせ、去っていく闞の後ろ姿に一瞥をくれた。

闞とすれ違うところをこの男に見られた。じわりとした不安を感じる。誤解とまではいかずとも、何か警戒心を抱かせるような印象を与えたかもしれない。

但馬はしかし闘については何も触れず、ユーリに向き直ってぼそりと言った。

「『イワンの誇り高き痩せ犬』か」

まじまじと相手の仏像顔を見つめる。

モスクワ警察でのみ用いられる符牒。それを知っているということは、但馬はやはり警察関係者か。

日本人からその言葉をかけられるのはこれで二度目だ。一度目はSATの荒垣班長から下手なロシア語で言われた。バーゲストの通信機を通して。地下鉄立て籠もり事案での突入作戦。その直前のことだった。作戦は失敗し、テロリストの罠に掛かって荒垣は死んだ。

「馬鹿な話だ。誇りがあろうがなかろうが、痩せていようが太っていようが、飼い犬に変わりはないってのにな」

陰々滅々とした声であり、口調であった。

ユーリは何も答えなかった。

どう答えるべきか分からなかったからだ。荒垣が突入前に自分に伝えた言葉を但馬が知っているはずがない。この男はこちらを同じ元警察官のはぐれ者だと思って単に共感を求めているのか。それとも潜入捜査の事情を察していると暗にほのめかしているのか。どちらであるとも言い切れなかった。他にさまざまなニュアンスも感じられる。それでいて但馬自身の立場は悟らせない。

確実に言えるのは、荒垣が発した言葉には少なくとも仲間に対する思いやりがあったということだ。今の但馬の言葉からはそんな温かさは微塵も伝わってこなかった。

曖昧な仏像顔の真意はまるで読めない。堂に入った韜晦《とうかい》ぶりだ。立ち尽くすユーリの前で、大きな煙を吐いて但馬は去った。

動揺を押し隠し、ユーリは再び歩き出した。

闕《クワン》。それに但馬。両者とも行動の決意を萎えさせるのに充分な毒気を持っていた。だがここで引き返すわけにはいかない。

警備員の視線を意識しながらロビーのソファに座り込む。他にクレアンガの部下が一人、離れた席で水割りを飲んでいた。

ロビーの一隅には公衆電話とネット端末のボックスがある。しかし厳重に封鎖されている上、複数の監視に晒されている。ホテル内の固定電話を使うのはまず無理だ。

スタッフの一人がすぐに近寄ってきた。アジア人だが、ロシア語で話しかけてくる。

「御用がございましたら承ります」

「気分転換に来ただけだ。部屋の外に出るなとは言われなかった」

男は慇懃に繰り返した。

「承知しております。何か御用はございませんか」

「煙草でも買ってきてくれるのか」

「フロントに用意してございます」

「モンテクリストのミニシガリロは」

沖津部長の愛飲する銘柄を口にしてみた。

「生憎《あいにく》その銘柄は」

「だったらいい。こっちは東京からずっと車で疲れてるんだ」

いらだった素振りを見せると、男は一礼して引き下がろうとした。

「待て」

思い立って呼び止める。

「アイリッシュ・コーヒーを頼む」

「少々お待ちを」

しばらくして男は湯気の立つグラスを運んできた。生クリームが浮かべられているがソフトドリンクではない。アイリッシュ・ウイスキーをベースにコーヒー、ブラウンシュガー、ダンフィーズを加えステアしたカクテルだ。

手袋をしたままグラスを取って口に運ぶ。さして美味くはない。少なくとも姿俊之の作った一杯の方がましだった。

庁舎の待機室で去年、姿の作ったアイリッシュ・コーヒーを飲んだ。アイルランド人との死闘を終えてしばらく経った頃だった。今にして思えば、あれはなかなか美味かったのではないかという気がする。日頃コーヒー通を自称するだけあって、カクテル用にコーヒーを淹れる姿の手際は結構さまになっていた。あの男なら、こんな局面でも躊躇なく行動に移れるのだろうが。

[凍ったヴォルガ川よりも冷静になれ]

レスニクが囁いた。良い警官は死んだ警官だけだ。

ゆっくりとグラスを傾けながら、視界の端でロビー各所に設けられた防犯カメラの位置を確認する。そのためにロビーに降りてきたのだ。

カメラはいずれも目立たないように設置されていた。標準的なセオリーに基づいた配置だとすぐに分かった。民警時代、高級ホテル窃盗団の取り締まりに当たったときに学んだ通りだ。

一般に、ホテルに設置されている監視カメラの数は客が考えているよりもはるかに多い。監視担当者の勤務状況を監視するため、管理室にもカメラを設置しているホテルさえあるくらいだ。旧体制下ではもっと多かったと聞いている。ホテルが監視カメラを設置する目的は、客の保護のためではない。不測の事態が発生したとき即座に状況を把握して迅速に管理マニュアルを実施するためである。基本的にカメラは客の集まる場所、もしくは監視の目の行き届かない場所に置かれる。各出入口、エレベーター、公衆電話周辺、宴会場、レストラン、遊戯施設、駐車場。加えて侵入者を防ぐ必要からスタッフや業者のための通用口、ホール、倉庫。バララーエフの組織がホテルの設置したカメラを利用しているなら、成功の可能性はある。

飲み干したグラスを置いて立ち上がる。実行するのだ。車中でずっと考えていた方法を。

ロビーを横切って一階のトイレに向かう。

中に入って鏡を見つめる。血の気の失せたヴォルの顔。頰から骸骨女が這い出て呪詛を吐く。足が震える。悲鳴を上げて逃げ出したい。両親の元へ。父ならきっとなんとかしてくれる。英雄の父なら。ミハイル・オズノフなら。

［尻尾は決して巻くな］

手を洗う。黒犬の面《つら》に冷たい水を浴びせかける。目を覚ませ。そして行け。大胆に動け。

トイレを出て階段へ。その手前に従業員専用通路のドアがある。カメラのフォロー範囲外だ。警備員からも死角になっている。さりげない足取りで横に逸れ、従業員通路へ入り込む。

組織はホテルへの出入りを警戒していても、ホテル内での客の様子までは監視していないだろう。ホテル内に外部との連絡手段はないと確信しているからだ。そうでなければ最初から客の行動を制限している。敵のその心理が期待し得る唯一の隙だった。地下のキモラ周辺にはさすがに厳重な警備態勢が敷かれているはずだが、逆に言うとそこにさえ近づかなければいい。こちらの狙いはそこから離れた所にある。

足音を殺して狭い通路を走る。勘に従い、運に頼って。このホテルが一般的な設計であることを祈って。また順路や設備の配置を探りつつ。所々に置かれた配膳用のワゴン。雑然と放置されたバケツやモップ。壁際に積まれた段ボール。それらに足を取られぬように注意しながら移動する。激しい動悸。心臓が破裂しそうだ。途中で誰かに出くわせばすべてが終わる。

通路の角を曲がろうとしたとき、前方に気配を感じた。壁際に置かれたワゴンの陰に身を隠す。盆を持ったスタッフが三人、鼻先を通り過ぎていく。一メートルも離れていない。

不意に蘇る。指名手配となりモスクワ中を逃げ惑った一夜。仲間であるはずの警察官の影に怯え、市民の通報を怖れ、あちこちの物陰に身を潜めた。「奴はそこにいるぞ」という声がしないかと震えながら。

左手がわななく。黒犬が皮膚を突き破り、悲鳴を上げて逃げ出そうと暴れている——黙れ、じっとしていろ、気づかれたら俺もおまえも殺されるんだ、おとなしくしてくれ、頼む——

スタッフは気づかずに去った。ワゴンの陰から出て三人の来た方向へ。話し声が聞こえてくる。厨房だ。そろそろと近づき、入口の脇から中を窺う。立ち働く数人のコック。動悸が最高潮に達する。タイミングを計って厨房の前を走り抜ける。目指す場所はたぶんこの先だ。

見つけた——スタッフのロッカールームだ。

ホテルが決してカメラを設置しない場所。組織にもそこにカメラを置く意味はない。慎重に気配を探る。誰もいない。素早く侵入する。ホテルの外観とは裏腹に、なんとも殺風景な侘しい内装。安物のスチールロッカーが並べられている。予想した通り。鍵付きだが最もポピュラーなシリンダー錠だ。

コートのポケットからソーイングセットを取り出す。バスルームに二組ずつ備えられていたアメニティだ。二つとも持ってきた。道具は多い方がいい。それに失くなっているのが一つだけだと、ゾロトフに感づかれるおそれがあった。ソーイングセットは最初からなかったと思わせればいいのだ。

白い厚紙のパッケージを開ける。針と糸。数個のボタン。そして——これだ——安全ピン。指先に力をこめて安全ピンを真っ直ぐに伸ばす。立派な針金になった。

右手の手袋を脱ぎ、即製の道具でロッカーを片端からピッキングして開ける。サハリンで中国人から教わった技術だ。素人レベルだが、量産品のシリンダー錠ならなんとかなる。

開いたロッカー内の荷物を片っ端から探る。きっとあるはずだ。きっとこの中のどれかに。

プライベートの携帯端末を複数持っている者は珍しくない。ホテルスタッフが勤務中にそのすべてを所持しているとは考えにくい。きっと私物を詰めたバッグに入れているに違いないと踏んだのだ。

すぐには見つからなかった。諦めずに次々とロッカーを、バッグを開けていく。素早く。音を立てず。そして周囲に気を配りつつ。

あった。急いで電源を入れる。しかしバッテリー残量はほとんどなかった。それでも番号を入力し、発信してみる――つながった。

〈ユーリ？　心配したわ、今どこにいるの〉

何度聞いても忌まわしい。運命の皮肉と悪意。モスクワ中を逃げ回った挙句、リーリヤに電話したときとまったく同じ――「ユーリ？　心配したわ、今どこにいるの」

『大丈夫だ、今度の仕事はうまくいっている』

所定のパターンの一つを口にする。一言一句正確に。通話は短い発信音に切り替わった。

早く出ろ、早く——

すぐに野太い声の組対特別班員が応答した。

〈こちらウエハラ〉

「会場は閖上ベイパレスホテル、キキモラは地下の——」

そこで切れた。バッテリーが尽きたのだ。

舌打ちして周囲を見回し、携帯を掃除用具入れの雑巾の下に隠す。履歴を消せなかった。持ち主に見られるとまずい。

言葉では完全に伝えられなかったが、発信位置は特定できたはずだ。合同本部はただちに宮城県警に通報し、一斉捜索に動く。

任務は果たした。だが安堵《あんど》する暇はない。ユーリはすぐに別の携帯を探し始めた。もう一度端末がいる。自分のために。自分の運命を狂わせた謎の正体を確かめるために。

針金を持つ手が震えて容易に開かない。罵声を上げてロッカーを殴りつけたくなる。

連絡は済んだ、すぐに引き返せ——心の中で理性が叫ぶ。だが針金を操る指は止まらない。あと少し、あと少しだ。

開いた。ロッカーの扉を開ける。バッグはない。ハンガーに吊された薄汚いジャンパーと散乱する日用雑貨。内部をかき回すようにして調べるが携帯はない。次にジャンパーのポケットを探る。入っていた。電源を入れる。バッテリーは充分だ。検索サイトにアクセス。英語で文字を入力――［ストロギノ市民ホール］

たちまち無数の記事と画像がヒットした。民警に入ったユーリが刑事を拝命した翌年、モスクワで起こったテロ事件。児童工作展を開催中だった市民ホールがテロリストに占拠され、百人を超える子供が死んだ。あの悲劇が、今もネット上に生々しい痕跡を残している。有名な報道写真の数々。その中で最も知られた写真を選択、表示。夏休みの工作に取り囲まれて眠るように死んでいる男の子。その写真を端末の機能で可能な限り拡大する。

やっぱり――

他の紙工作と一緒になって児童の顔の側に転がっているのは、まぎれもなく折り鶴だった。

同時代の人間なら誰もが目にしているであろう写真。ユーリ自身もメディアで何度も見かけていた。だが今まで工作の方を意識して見たことはなかった。果たしてその中に折り鶴があったかどうか。ただそれだけを確認したかった。

骸骨女の哄笑が聞こえたような気がした。かん高く、けたたましく、狂ったような笑い。容赦なく世界に憎悪を投げかける。その笑いは未来永劫終わらない。

ミカチューラのデスクの上に置かれていた折り鶴。そこにあった数字の羅列。あれはやはり武器の製造番号だったのだ。

シェルビンカ貿易の業務は政治家や官僚と組んだ〈国策〉であった。

自分の売った武器で、自分の息子を殺されたサヴィツキー。

自分の売った麻薬で、自分の妻を失ったネストル・ゾロトフ。

相似の構造。ちょうどマトリョーシカの人形のように、同じものが際限なく内部に隠されている。その一番奥の原点に、骸骨女は潜んでいた。自分の子をそうと知らずに自分で喰ったおぞましい妖怪。

シェルビンカ貿易の売ったPKP機関銃の銃口が自国民に向けられ、火を噴いた。そして多くの子供連れの家族に無残な死をもたらした。そのことに気づいた関係者は一切の口を閉ざし、事実を闇に葬った。露見すれば国民は決してこれを許さない。時の政局を揺るがしかねない、いや間違いなく木っ端微塵にする爆弾だ。だがミカチューラは、将来の保険として密かに当時の伝票を保管していたに違いない。武器の製造番号が記された書類だ。テロリストが使用した武器はすべて当局に押収されている。その実物と照合すれば、書類の証拠能力は一目瞭然だ。事件が事件だけに押収品の紛失や盗難などの言いわけは難しい。

ユーリとレスニクが最初にシェルビンカ貿易を訪れたとき、ミカチューラはどこか落ち着かない様子だった。頻繁にかかってくる電話に不機嫌そうに応対していた。それも道理だ。自分が体制から切り捨てられたという、まさにその情勢を察知していたからだ。

だからミカチューラは秘蔵のカードを切った。訪れた使者に対して。階段ですれ違った茶色のサングラスの男。誰であったか、その個人名に意味はない。彼は間違いなくチェーカーだ。おそらくミカチューラは関係する誰かにほのめかしたのだろう、自分がストロギノに関する秘密の証拠を握っていると。そこで状況を確認するため〈天上〉から使者が派遣された。

メッセージだ――ユーリは直感した――鶴はメッセージの小道具だったに違いない。ミカチューラは具体的な話を持ち出さず、さりげなく相手に鶴を示して見せた。PKPの製造番号が記された書類のコピーで折った鶴。それは必要充分で、かつ必要以上では決してない。デリケートな駆け引きに最適のメッセージだ。力関係のニュアンスが少しでも狂うと双方のバランスが崩壊する。

使者はただちにその意味を理解した。そしてこれまで通りミカチューラの安全とシェルビンカ貿易の経営を保証すると約束した。直後に訪れたユーリ達の目に、ミカチューラが放心して見えたわけだ。彼の放心は窮地を逃れ得たという安堵だ。その日の商談を急遽キャンセルしたのも、自ら言っていた通り、状況の急変によって諸々手配の必要が生じたゆえだろう。自分達に鶴の意味が分からなかったのも当然だ。予備知識がなければ、それは手慰みに反故《ほご》を折ったものでしかない。

耳許で骸骨女が哄笑する。掌で犬が吠える。際限なく。果てしなく。やめろ。やめてくれ。頭が割れそうだ——

「何をしている」

我に返って背後を見た。グロックを構えた男達が立っている。ユーリの全身が凍りついた。

「携帯を捨てろ」

警備員が命じる。

咄嗟に思いついた。ウエハラ・リサーチの電話番号を慌てて入力してみせる。

相手は発砲した。威嚇。目の前のロッカーに弾痕が穿《うが》たれた。ユーリは恐怖を装い、手にした携帯を取り落とす。

部下をかき分けて入ってきたバララーエフが、立ち尽くすユーリの足許から携帯端末を拾い上げた。入力途中の番号が表示されている。

「この番号は」

「………」

「どこにかけようとした。言っておくが嘘をついてもすぐに分かるぞ」

「…………」

警備員がグロックの台尻でユーリを殴る。口腔内に鉄の味が広がった。

「言え」

頬に銃口が押し当てられる。不承不承の顔で答える。

「捜査本部だ」

発信ボタンは押されていない。会場の位置を通報する寸前であった——すなわち未だ通報はなされていない——と相手に思わせるためのアドリブだ。

バラーエフは次いで発信の履歴を調べる。さらに前画面表示をクリック。液晶画面に表示されたストロギノの報道写真を見て、なるほど、と腑に落ちた表情を見せた。

「そうだよ、ミカチューラは上層部を脅していたんだ。ストロギノの件に関してね」

「最初から俺を嵌めるつもりだったのか」

バラーエフはゆっくりと首を振った。

「私も知らなかったんだ」

予想外の回答だった。さらに意外であったのは、バラーエフが一瞬見せた追憶の悲哀だ。

「本当に摘発するつもりだったんだ、シェルビンカ貿易を。あの頃の私はただの若造だった。人並み以上の野心を持て余しているだけのね。しかし掛かった獲物は予想を超えて大きかった。いや、獲物が予想外の錘《おもり》を引きずっていたという方が正確だな。だから釣り竿を慌てて手放さざるを得なかった。そうしなければ、私も水の中に引きずり込まれていた。ダムチェンコも一緒にだ」

「折り鶴を見せられた客のチェーカーも貴様の手下か」

「違う。当時の私は下っ端だ。まだそんな大物ではなかった。すべては私のあずかり知らない、雲の上で取り交わされた話だ。折り鶴のことも、君とレスニクからの報告で初めて耳にした。意味を知ったのはその後だ。無骨なミカチューラにしては上出来の機知じゃないか」

ようやく理解する——自分達が殺されなければならなかった理由。

「貴様は俺達を生け贄《い　にえ》にしたんだな。捜査をただ打ち切って自分が巻き添えになるのを防いだだけじゃない。折り鶴を見た俺達を始末してみせることによって、上に尻尾を振ってアピールしたんだ、自分はこんなに忠実で有能ですと」

利にさとい官僚の本性。出世のために立案した囮捜査が思わぬ窮地を招いたが、バララーエフは逆にその状況を一段上の高みへと飛躍するための足掛かりにすることを思いついたのだ。

「もういいだろう」

バララーエフの呟きと同時に、男達が左右からユーリの腕をつかんだ。

「君はもう客ではない。たった今から君は選手だ」

「選手だと」

バララーエフは本来の傲岸さを取り戻していた。

「行こう。そろそろ試合の開始時間だ」

7

「会場は閑上ベイパレスホテル！　宮城だ！」

通信室からの報告を受けた渡会が大声で一同に叫んだ。

全員が立ち上がる。

宮城、それも閑上——カジノ特区だ。

オズノフ警部は生きていた。そして見事に取引会場の場所を連絡してきた。

会議室のテーブル上に並べられた警電を城木や宮近らが一斉に取り上げる。

沖津もすかさず手前の受話器をつかんだ。

「宮城本部ですか。警視庁特捜部の沖津と申します。本部長の今野《こんの》さんにつないで下さい。緊急事案につき最優先でお願いします」

特捜部捜査員が待機する庁舎内会議室の警電が鳴った。夏川主任が間髪を容れず受話器を取り上げる。午後八時二十四分。

「閖上？」

驚いたように声を上げる夏川を一同が注視する。

「……了解しましたっ」

すぐに電話を切った夏川は、全員に向かって大声で告げた。

「会場は宮城県名取市閖上！」

驚きと落胆の呻きが漏れた。道理で連絡まで時間がかかったはずだ。遠すぎる。自分達は突入と一斉捜索には間に合わない。

関係者の逃亡と密輸品の移送を阻止するため、そしてオズノフ警部の安全を確保するためにも、時を置かずに突入する必要があった。機甲兵装を含む違法な武器を現場で押さえられなかったらオペレーションは失敗である。最悪の場合、新型機甲兵装は闇に消える。オズノフ警部も。死体さえ出ないだろう。

現場が遠隔地であった場合もあらかじめ想定されている。合同本部は現場を所轄する地方警察に即時連絡、オペレーションの全容を伝えて協力を要請する。特捜部の突入班はヘリで移動して地元警察の機動隊と合流し、突入作戦に加わる。沖津はリアルタイムで状況を把握しつつウエハラ・リサーチから全体指揮。そして捜査員は——

「俺達は新幹線で移動だ」

由起谷や部下達に、夏川は部長からの指示を手早く伝えた。

「組対も大挙して新幹線だ。急がないと連中に自由席を独占されるぞ」

捜査員が一斉に立ち上がる。突入には間に合わないが、その後の捜査のためにも早い段階で現場に入る必要があった。

「関上とはうまい所に目をつけやがった。隅から隅まで抜け目のない悪党だ」

早足で移動しながら夏川は悔しげに呻いた。

横に並んだ由起谷が応じる。

「こうなると宮城県警が頼りだ。うまくやってくれるといいが」

自分達が突入班でないことを、今日ほど歯がゆく思ったことはなかった。祈るしかない。

こうしている間にも県警は会場の包囲を固めているはずだ。

同時刻。新木場の東京ヘリポートからは、龍機兵のコンテナを載積した三機のヘリが離陸した。目的地は仙台空港。そこで宮城県警のトラックが待っている。宮城県警は陸上自衛隊霞目《かすみのめ》飛行場を使用しているが、仙台空港の方がはるかに現場に近いことを考慮しての判断である。

柴田技官らの乗った指揮車輌は高速道路で現場に向かう。突入には間に合わない。姿警部のフィアボルグとラードナー警部のバンシーは、それぞれ指揮車輌からの命令なしに自己判断で行動することになる。指揮車輌とのデータリンクが確立できないため、当然搭乗者は一切のフォローが受けられない。

バーゲストを輸送するヘリ機内で、緑は緊張を隠しきれずにいた。龍機兵にそうした運用法が適用されるのは初めてである。

いや、厳密には違う――

緑は昨年のIRFテロ事案を思い出す。あのとき、ラードナー警部のバンシーは指揮車との通信が途絶した状態で東京の地下を駆け巡った。思い出しただけで冷や汗が出る。バンシーを見失った自分が感じた焦燥、そして不安。責任感からのものだけだったとは言い切れない。バンシーがこのまま地下の闇に消えてしまったら――想像しただけで、全身が締めつけられるようにさえ感じていた。自分のその感覚が嫌だった。技術者としてそうした曖昧さを自分の内部に長く抱えていたくはない。バンシーは死をもたらす者の象徴であり、それに乗る者は〈死神〉と呼ばれたテロリストなのだ。

それにバーゲスト。作戦上、搭乗するオズノフ警部のバイタルを踏まえての調整は不可能だ。現場で合流した警部がいきなりバーゲストへの搭乗を余儀なくされるような事態にならなければいいのだが。もしそうなったら、機体に想定外のアクシデントが発生する可能性がある。またオズノフ警部にも通常の作戦時以上の負担を強いることになる。

いや、そもそも――オズノフ警部は無事でいるのか。

眩《まぶ》しい――

引きずられるようにして地下空間に入ったユーリは、強烈なライトに顔を背けた。右腕を押さえつけている大男が、ユーリの顎をつかんで無理矢理正面を向かせる。後ろから銃口で小突かれ、よろめくように中へと進む。

目をしばたたかせながら逆光の奔流を脱すると、徐々に内部の様子が見えてきた。

中央には直径二〇メートルほどの円を描くように朱色のロードコーンが等間隔に置かれ

ている。それらは互いに何かでつながれていた。真新しいチェーンだ。

そこが〈リング〉であることは一目瞭然だった。さまざまな方向から投げかけられる工事用投光器の光によって、リングは白く不穏に浮かび上がっている。闇の底に漂う舞台の如く。

すでに集まっていた客達は、それぞれリングを遠巻きにするように配置されたテーブルに陣取っていた。スタッフに引き立てられて入ってきたユーリを、客のブローカー達が好奇の目で眺める。フランス人もルーマニア人も。パキスタン人もメキシコ人も。但馬も、闞《クワン》も。そしてゾロトフとガムザも。

囚われのユーリを引き連れたバララーエフは、まっすぐにゾロトフのテーブルへと向かった。

「ティエーニ、この男はやはり犬だったよ。日本警察に連絡しようとしている現場を押さえた。ご心配なく。通報は未遂だった」

全員が無言で注視する中、ゾロトフは寛いだ風情で聞いている。

バララーエフはユーリに呆れたような視線を向け、

「懲りない生き物だな、犬という奴は。何度も同じことを繰り返す」

「呆れるほどの馬鹿だ。モスクワであれだけ痛い目を見たというのに。まあ、そういう生まれつきなんだろうぜ。なにしろこいつは警官の息子だ」

もっともらしい顔で同意を示す相手を、バララーエフは冷ややかに見据え、

「〈支配人〉の立場からすると、ティエーニ、あなたの責任を追及せざるを得ないのだがね」

ブリガーダの男達がゾロトフのテーブルを取り囲んだ。主の背後に控えていたガムザが獰猛な視線で男達を睨み返す。

ゾロトフは表情一つ変えることなくウォッカを自分のグラスに注いでいる。黒いボトルに銀のラベル——セブンサムライ。

「賠償額を含むペナルティ、つまり落とし前の件だが、それについては後で話すとして、あなたには今回の入札は見送ってもらう」

「しょうがないだろうな」

「部下の中には、あなたは彼の正体を知って連れてきたのではないか、つまりあなたも警察の協力者ではないかと疑う者もいる」

「俺がスーカだと言うのか。そいつはヴォルにとっては最大級の侮辱だ。聞かなかったことにしといてやるよ」

立場をまるでわきまえぬ、他人事のような不遜な態度。

バララーエフはわずかに顎を背後に向けてユーリを示し、

「あなたを窮地に陥れたパートナーに何か言っておきたいことはあるかね」

「ないな」

即答だった。

「裏切りはお互い様だ。支配人さん、あんただって昔こいつを裏切った。あれはなかなかキツいやり口だったぜ」

「確かに」

「まあ自分の不始末の責任はきっちり取るよ。だがせっかくここまで来たんだ。ショーの見物くらいはさせてくれてもいいだろう」

「ご随意に」

バララーエフはブラギンからマイクを受け取り、客に向かって告げた。

「少々トラブルがあって開始が遅れたことをお詫びする。さて、突然で申しわけないが、試合形式の変更を提案したい。より面白い趣向を思いついたのだ」

支配人ではなく興行師のような堂に入ったスピーチだ。

「そこにいるユーリ・ミハイロヴィッチ・オズノフは日本警視庁特捜部のスパイだ。この男はすぐにでも処刑される運命にある。我々の市場の鉄則だ。しかし私は考えた。彼にチャンスを与えよう、それはきっと来賓の方々の無聊《ぶりょう》をお慰めする素晴らしい余興にもなるはずだと」

チャンス。余興。バララーエフは一体何を言っている——

小刻みに震えるユーリを〈支配人〉はにこやかに振り返った。

「ユーリ・ミハイロヴィッチ、状況は分かっているね。君が生きてここを出る可能性はない。だがもし仮に、仮にだよ、君が機甲兵装で第一戦、第二戦を勝ち抜き、さらにキキモラにも勝利したなら、事情は少し変わってくるかもしれないよ。どうだろう、やってみる気はないか」

ユーリの顔に投光器の光が当てられる。顔を背けると左右の男達がさらに力を入れて押さえつけてきた。冷たいコンクリートの上にひざまずかされる。

「もっとも君に選択の自由はないがね。日本警察にスカウトされたほどの腕前を、皆さんに存分に披露してくれ。君の旧友のティエーニも特等席でお待ちかねだ」

そしてバララーエフは再びマイクを使って観客に向かい、

「かの機龍警察のメンバーが飛び入りの挑戦者だ。いかがだろうか、この趣向は」

「勝手な思いつきばかり言ってんじゃねえ。毎度毎度、てめえの都合でルールを変更しやがって、いいいかげんにしろ」

薄闇の中から、気色ばんだ声が上がった。メキシコ人グループのデルガドだった。

「ご不満かな」

「いいや、もっと面白くするアイデアがある」

デルガドはにやりと笑った。

「俺達もただ見ているだけじゃ面白くねえ。余所じゃ滅多に見られねえせっかくのデスマッチだ。一つ賭けといこうじゃないか。え、どうだい、気乗りのしねえ奴は賭けなきゃいいだけの話だ」

他のグループからも賛意を示す声が一斉に上がった。

「いいねえ、大賛成だ。ビジネスにもそういう遊び心は大切だよ」

セドランが肉付きのいい顔を無邪気そうに綻ばせる。

「なるほど」

バララーエフも大いに頷き、

「素晴らしい案だ。ここはもともとカジノとして設計された場所でもある。しかしオッズを算定する時間がない。単純に一試合ごとの勝ち負けを賭けるとしよう」

ブラギンが部下に指示する。

「こいつをドモヴォイに乗せろ」

ユーリを機甲兵装の前に引きずっていった男達が、無理矢理ユーリの上着を剝ぎ取ろうとする。

「やめろ、放せ」

振りほどこうとしたとき、つかまれた左手の手袋が脱げそうになった。咄嗟に左手を固く握り締め、右手で押さえる。その反応に気づいた男達は、一層強引に手袋を脱がしにかかった。

必死で両手を胸に押しつけ、背を丸め、身をよじって抵抗する。

やめろ、見るな、見ないでくれ——

意味をなさない絶叫を上げる。コンクリートの上でがむしゃらに縮こまり、左手を見せまいと全身で隠す。

男達は寄ってたかってユーリを殴り、押さえつけ、腕を取った。たちまち左の手袋が剝ぎ取られる。

彼らはさらに両手の指をつかんで無理矢理開かせた。左の刺青が露わとなった。

「これはこれは」

バラーエフは大仰な嘆声を発した。

「刑事がヴォルの真似事とは。この愛らしい犬が警察官の証しなのかね」

男達がユーリの左手を眩《まばゆ》いライトの光に突き出す。黒犬が衆人の目に晒された。恥の証し。全員が見ている。關《クワン》も。ゾロトフも。

ユーリは幼な子のように泣いていた。上着を剝がされたYシャツ姿で。手足を取られたまま、抵抗する気力もなくしてただ涙を垂れ流す。最悪の恥辱。

こんな場所で、こんな状況で、こんな連中に――

みじめに泣くロシア人の警察官をブローカー達が冷ややかに見つめている。ある者は嘲笑の目で。ある者は侮蔑の目で。まるで無関心な目もあった。彫らせた張本人であるゾロトフの表情は、逆光に黒く翳ってよくは見えない。

この辱《はずかし》めがゾロトフの法の裁きか。

同日午後九時。宮城県警刑事部長の生島真二郎《いくしましんじろう》警視正は、今野義昭《よしあき》本部長から直接の指示を受け、すでに帰宅していた仙台市宮城野区の自宅から名取市閖上に急行した。

閖上ベイパレスホテルで取引中の外国人武器密売組織を検挙する。突然降ってきた天の声の一大オペレーションだった。本部長も初めて知って驚いたという。

閖上は岩沼署の管轄だが、県内のほぼ全署から応援の人員が動員される。県警始まって以来と言っていい規模の大包囲網だ。指揮は本部長自らが執る。生島は現場の統括を命じられたのだ。刑事部組対局長の堺宏武《さかいひろたけ》警視や警備部長の平松良治《ひらまつりょうじ》警視正も現場に向かっている。

私服の巡査が運転する車中から、生島は携帯端末で各所に指示を下す——主要幹線道路に検問を設置。閖上復興支援特区に通じるすべての道路を封鎖。特区全域を完全に包囲、ただし絶対に気づかれぬよう注意すること。

報告も刻々と入ってくる——岩沼署の緊急配備完了。機動隊第一、第二突入班が現場へ急行中。

生島は興奮を抑えきれずにいた。魔窟とさえ称される閖上特区での無法を、県警刑事部は今日までいたずらに放置していたわけではない。しかし抜け穴の上に抜け穴を重ね、穴があることさえ判然としないほど複雑化した法と条例の前では、手の出しようもないのが現状だった。加えてカジノは生活安全部の管轄になる。特区での事案には生安《せいあん》の牽制が入るのが常であった。それが刑事部の士気を殺《そ》いできたという事実も否定できない。

風俗営業等に関する許認可権限を持つ生安の感覚は刑事に比べるとはるかに一般の役所に近い。生安と刑事部との対立の経緯をすべて相手の責任に帰するつもりはないが、結果として自分達は閖上に外国人の無法者が横行するのを許してしまった。それでなくても痛々しく傷ついていた故郷の港町が、さらに立ち直れないほど無残に蹂躙《じゅうりん》されたのだ。

一人の警察官として、生島はこれまでのさまざまな事件を思い起こさずにはいられなかった。

例えば『太白区《たいはく》一家五人殺し』。

復興支援特区が魔窟として知られ始めた頃、仙台南署管内である太白区の住宅街で会社員一家五人が皆殺しにされるという事案が発生した。鋭利な刃物で年端もいかぬ幼児まで惨殺するという酷《むご》たらしい手口で、現場の状況は酸鼻を極めた。初動捜査の段階で迅速に動いた県警は、事件発生の二時間後には被疑者と思われる外国人男性の人着《にんちゃく》（人相着衣）を緊急配備した。さらにその一時間後、巡回中の警察官が若林区の路上で被疑者に酷似した男を発見、任意の聴取を行なおうとしたところ、男はこれを振り切って逃走、閖上特区に逃げ込んだ。特区内をしらみ潰しに捜索しようとした県警に対し、外国人有力者団体は法によって保護された権利を主張して協力を拒否。それどころか強硬な抗議を行なった。その間に警察の動きが県警本部から特区に漏洩し、結果、被疑者確保には至らなかった。被害者の会社員は特区撤廃を求める市民団体のメンバーでもあったため、事件の背後関係が取り沙汰された。生島はこのとき仙台南署で副署長の職に在った。

あるいは『塩竈《しおがま》女子高生拉致殺害事件』。

塩竈市から拉致された女子高生の遺体が閖上港の近くで発見された。前後の状況から、なんらかの事件に巻き込まれた被害者は、閑上特区内で監禁暴行されたのち殺害されたものと推測された。当時同様の事件が相次いだことから閑上の悪名は決定的に知れ渡った。いずれの事件でも生島は到底言い尽くせぬ悲憤と苦渋を味わった。被害者とその遺族の無念は常に彼の胸をえぐった。

長年忸怩《じくじ》たる思いを抱えていた生島にとって、今回のオペレーションは思ってもいなかった好機であった。県警の全力を挙げて閑上に突入し、外国人犯罪者を一網打尽にする。いやが上にも叩き上げの血はたぎった。聞けば警視庁の特捜、組対の合同オペレーションであるらしい。組対はともかく、外部から兵隊を雇い入れている特捜には思うところもあるが、この際そんなものは頭の中からどこか遠くへ放り出してもいい。第一、ベイパレスホテルでの取引を通報してきたのは特捜の潜入刑事だというではないか。

よくぞやってくれた——

名前も知らない特捜の刑事に、生島は心の中で礼を述べていた。

はらわたを晒すが如くにハッチの開放されたドモヴォイのコクピット。その足許にうずくまるユーリに、バララーエフが囁きかける。

「三機のコクピットにはリモコン式の爆弾が仕掛けてある。なに、大した威力はない。搭乗者を即死させる程度のごく小規模な爆発が起こるだけだ」

試合に出る機甲兵装が客席に乱入したり逃亡しようとしたりするのを防ぐ処置だ。搭乗者がそれを試みようとした瞬間、リモコンの爆破スイッチが押される。

反対側の薄闇から、ブリガーダに囲まれた三十くらいの男がやってきた。監禁されていたことを示す髭と脂の浮いた顔。血走った眼。薄汚れたトレーナー。最初の対戦相手なのだろう。

マイクを持ったブラギンが無機的ながらも声を張り上げる。

「第一試合、対戦者は元ザーパド大隊のヤコフ・スィロヴァトコ。チェチェンで覚えたレイプと殺人が癖になり、除隊後は専らその方面で活動。乗機は第一種機甲兵装『ドヴォロヴォイ』。ご来場の皆様はよくご存じでしょう、同機は『ドモヴォイ』の正式な後継機として現在も中央軍管区他の地域に配備されております」

ザーパド大隊――スペツナズ（特殊任務部隊）だ。男はユーリを一瞥し、ドヴォロヴォイのコクピットに乗り込んだ。追いつめられた者に特有の、怯え、ふて腐れ、そして開き直った目であった。男は完全に理解している。ユーリを殺すしか自分の生きる道のないことを。

「それではお声をどうぞ。ドル建て、十万からのスタートとさせて頂きます。なお精算は全試合の終了時に」

デルガドが早速応じた。

「ドヴォロヴォイに十万だ」

ブリガーダの一人がそれを手帳に書き留める。

続けてセドランが声を上げる。

「ドヴォロヴォイに二十万」

敵愾心も露わにフランス人を睨んでアーザムが怒鳴った。

「こっちもドヴォロヴォイに二十万だ」

クレアンガは様子見らしい。闞《クワン》と但馬は無言。

同じ第一種なら、ドモヴォイより後継機のドヴォロヴォイの方に歩があるのは明らかだ。

それに刑事より軍人の方にも。何より恥も外聞もなく泣きじゃくっている男に賭ける馬鹿はいない。

「ドモヴォイはございませんか。どなたかドモヴォイは。オズノフのドモヴォイに賭ける方がいらっしゃいませんと賭けが成立しません」

次の瞬間、声が上がった。

「ドモヴォイに五十万」

ゾロトフだった。静まり返った場内に、

「ドヴォロヴォイに張った奴が合わせて五十だ。俺が全部引き受ける。それともなにかい、入札に不参加の者は賭けちゃいけないのかい」

バララーエフがそれに応える。

「いいや、大いに結構だ、ティエーニ。よほど友人を買っているようだね。方々《かたがた》に異存がなければすぐに試合を始めさせよう」

朦朧《もうろう》と、そして茫漠と、ユーリは彼らの声をどこか遠くのもののように聞いていた。

自分の命がやり取りされている。一時の座興として。昔モスクワで踊らされたときのように。かつての最も痩せた犬が、今は見世物の闘犬だ。時々の都合で操られ、そして無造作に捨てられる。賭けに興じているのはゾロトフとバララーエフ。モスクワで自分を嵌めた奴らだ。

この世で最も唾棄すべき傲慢。高級スーツに身を包んだビジネスマンが人の命でゲームに興じる。そして彼らは何も恥じない。

オリガミ。刺青のある鶴。紙工作に取り巻かれて眠る少年の死体。あの子の名前を自分は知らない。何度もあの写真を目にしながら。

「尻尾は決して巻くな」

自分は生きる。必ず生き延びてこいつらを逮捕する。バララーエフをはじめ組織の者は、すでに捜査本部へ連絡済みであることに誰一人気づいていない。宮城県警はすぐにやってくる。それまで持ちこたえればいいだけだ。

手足に力が——ほんの少しだが——戻ってきた。

ゆっくりと立ち上がったユーリに、周囲のブリガーダ達がグロックの銃口を突きつける。一人がユーリの足許に銃弾を撃ち込んだ。反響する銃声に全身が強張る。撃った男は薄笑いを浮かべていた。早く乗れという催促だ。闇の中から無数の冷たい銃口が突き出されている。

文字通りの死地だ。暗黒の底、地獄の淵。そこに自分は立っている。

進むべき道は一つしかない。がくがくと震える足を一歩ずつ不器用に動かしてドモヴォイに歩み寄り、開放されたコクピットに這い上がる。皺だらけのスラックス。乱れたシャツ。そして緩んだタイ。これから決闘の場に臨むにしては、世にも情けない戦《いくさ》装束だ。

「機体のポテンシャルを充分にご確認頂くため、試合は一切の武器を使用しない近接格闘戦と致します」

マイクを手にしたブラギンが一同に向かい、

「またお客様にご注意申し上げます。リングと客席の間には距離を取ってございますが、機甲兵装の格闘戦では不測の事態が予想されます。巻き添え等不慮の事故がご不安の場合は適宜おさがり下さいますよう」

リングは円周状に並べられたロードコーンにチェーンが架け渡されているだけである。人間の喧嘩であっても呆気なくコーンを突き倒して外に転がり出るだろう。リングと客席とを隔てる防護壁のようなものは一切ない。コクピットに仕掛けられた爆薬によって操縦者の意図的な暴走は封じられているが、格闘の衝撃で機体がリングの範囲から飛び出すことは大いに予想できる。

ブラギンが念を押すように、

「よろしいですか。一般の格闘技と違ってリングアウトはございません。コーンはあくまで目安として置かれているだけですので観戦中はくれぐれもご注意を」

スピーカーを通したその声を背中で聞きながら、ユーリはドモヴォイのコクピットに乗り込んだ。

シート高を調整。ショルダーレストを下ろし、胸部ハッチを閉鎖する。内壁左面パネルのプッシュボタンを押してエンジンを始動させる。心は恐怖に萎縮しても、体が動作を覚えていた。外周モニター、計測機器類が点灯。外部カメラの映像を補正したものがハッチ裏の全面モニターに表示される。こっちを見つめる客達の顔。バララーエフの顔。そしてゾロトフの顔。八基のカメラが周囲の情報を拾い集める。かつて慣れ親しんだ、そして忌み嫌った機体の感触。ドモヴォイはサハリンでの初めての実戦で使用した機種だ。初めて戦う相手を殺した機体だ。各関節部のロックが外れ、ダンパーが伸展。システムによるセルフチェックが始まる。機体バランスや可動部のトルクなどを調整するため、機体が数秒間痙攣《けいれん》するように細かく振動する。調整完了。だが手足の動きがこの機体にどこまで細かくプログラミングされているかは分からない。

ユーリは左端のペダルを踏み込み、ドモヴォイをリングへと進める。そしてコーンチェーンをまたぎ越し、白く眩い光の下へ。

対戦相手のドヴォロヴォイはすでにリング内で待ち構えている。

ゴングはない。ブラギンが合図した。

「ファイト《スラジーシ》」

同時にドヴォロヴォイが突進してくる。ユーリは明らかに出遅れた。敵のマニピュレーターによる連打を上半身の装甲に浴びる。機甲兵装の肘から先は比較的シンプルな構造で、先端重量を軽減するため強度も低い。しかしこの〈試合〉ではマニピュレーターの破損を考慮する必要がないため、相手は全力で叩きつけてきた。敵は必死だ。殺すことしか考えていない。当然だ。殺さなければ殺される。躊躇した方が死ぬ。それが機甲兵装の戦いだ。

なのに自分は――

懸命に体勢の立て直しを図るが、防御するのが精一杯だ。両腕の装甲がたちまち変形する。

ＣＱＢ（Close Quarters Battle＝近接戦闘）よりもさらに距離を詰めたＣＱＣ（Close Quarters Combat＝近接格闘）において、武器を与えられない条件下では、胴体部コクピットを押し潰して搭乗者に致命傷を与えるのが第一だが、それだけに胴体前面には最も厚い装甲が施されている。そのため脇や背中、股下等を狙えるよう相手の体勢を崩すことに努める。敵はこの基本に忠実だ。特に肩を集中的に狙ってくる。こちらの上半身をスイングさせ、バランスを崩させようとしている。凄まじい振動に脳がシェイクされる。舌を噛みそうになる。モニターの映像が一瞬揺らいだ。外部カメラの一基が潰されたのだ。

敵のマニピュレーターを払いつつ、ペダルを踏んでローキックを繰り出す。効果はなかった。機甲兵装の全重量を支えている脚部は、重心を少しでも下げるため、また障害物に対する防備のため硬く重い素材がフレームに使われている。前面からの多少の蹴りでは小揺るぎもしない。

間断なく繰り返される敵の攻撃。裸に剝かれた左手の黒犬が汗と衝撃でレバーから滑り落ちそうになる。意識と視界の焦点がずれる。何もかもが急速にぼやけて遠のいていく。

駄目だ。前に出ろ。前に出てつかめ。希望を、誇りを、失ったすべてを。
生きろ。生き延びろ。あと少し、ほんの少しだけでいい。生の側にしがみついてさえいれば。今すぐにも宮城県警が突入してくるはずだ――

沖津はウエハラ・リサーチの会議室に持ち込んだ専用端末で省庁間の連絡に当たっていた。

城木理事官は渡会課長らに同行し、一足先に新幹線で現場へ向かった。沖津に代わって指揮を執るためである。宮近理事官は部署間の細かい調整のため霞が関へ行っている。

龍機兵のコンテナとともにヘリで先行した姿警部らは、仙台空港で宮城県警のトラックにコンテナを移し替え、現場へと直行する手筈になっている。気象情報によると仙台は雪。かなりの荒れ模様だという。

午後九時二十五分。沖津の携帯端末に着信があった。姿警部からだった。

〈仙台に着きましたが、迎えなんて来てませんよ〉

「なんだって」

モンテクリストのミニシガリロを挟んだ指が止まった。

「そんなはずはない。宮城本部にも確認してある」

〈そう言われてもね。〈リポートにはトラックどころか、パトカーの一台も見当たりません。えらく寒いですよ、こっちは〉

吸いさしのミニシガリロを灰皿に投げ捨て、

「その場で現状を維持しつつ待機」

そう命じて携帯を切り、机上の警電を取り上げた。

閖上二丁目。雪の降り積もる閖上消防署敷地内に、多くの警察車輛が集結していた。レインコートや防寒具に身を包んで息を潜めるように出入りする警察官。閖上特区と水路で隔てられたそこは、特区包囲態勢を敷く宮城県警の言わば前線司令部であった。

「命令はまだですか」

敷地内に駐められた県警現場指揮車の中で、生島刑事部長は携帯に向かって声を張り上げた。

「配置はすでに完了しています。命令があり次第、こっちはいつでも……」

車内には堺組対局長や平松警備部長、それに箕輪《みのわ》機動隊長らが集まっていた。通話中の生島を全員が見つめている。

「どういうことですか……はい、しかし現場は……ええ、ですが……分かりました、ではそのように」

苦々しげに通話を終えた生島に、堺が訊いた。

「本部長はなんと」

「突入は未定」

「なんですって」

「現在のところ突入は未定。本部長がそう言ってるんだ」

「未定って、そんな、現場の配置は完了してるんですよ。宮城中から動員した警察官をいつまで雪の中に立たせておくつもりですか」

平松警視正が考え込みながら、

「生島さん、そりゃ合同本部の指揮官が着くのを待って決めるってことですかね」

「違うと思います。仙台空港に向かったトラックを本部長が引き上げさせたそうです」

箕輪正晃《まさあき》警視が驚いて声を上げる。

「特捜のハレギを迎えに行ったトラックをですか」

ハレギとは晴れ着の意で、特捜部の保有する未分類強化兵装を揶揄《やゆ》的に指す。

「何を考えているんですか。相手は管内にキモノを持ち込んでるんですよ。応援のハレギなしでウチにどうしろって言うんですか。裸でキモノにぶつかっていけとでも」

猛然と抗議する箕輪に生島は、

「だから何もするなということだ」

「そりゃウチだって特捜の応援なんかできればなしでやりたいですよ。確かに今回のオペレーションは天の声かもしれないし、特捜の下働きかもしれない。でもウチはみんな本気で」

「そんなことじゃないんだっ」

大声で遮った。皆黙り込んで生島を見る。

「……そんなことじゃないんだ」

怒りといらだちを露わにした己を恥じたのか、生島は呟くように繰り返した。

8

霞が関中央合同庁舎第2号館十七階。刑事局と組織犯罪対策部の入るフロアで、各所との調整を行なっていた宮近の携帯に着信があった。廊下を移動中であった宮近は、反射的に液晶画面に表示された発信者名を確認し、思わず足を止めた。警備局警備企画課の小野《おの》寺徳広課長補佐だった。

「宮近です」

〈僕だよ。　君がこっちに来てるって聞いて。　上にいるんだけど、ちょっと下で会えないかな〉

　上とは合同庁舎二十階の警察庁警備局のことである。

「悪いが、今は忙しくて」

　警戒するように答える。

〈いいだろう、ちょっとくらい。大事な話なんだ〉

　俄然緊張する。前年のIRFテロ事案の際、〈敵〉は特捜の動きを察知し、黒幕側にリークしていた疑いがある。警察上層部の意を受けて特捜内部の情報を上げていた宮近は、自身が知らないうちに内通者になっていたのではないかという不安を抱いていた。テロ主犯逮捕の前後に、宮近が非公式に情報を伝えた相手こそ、他ならぬ小野寺であった。

　一瞬で判断しなければ。小野寺と会うか否か。今この局面で。警察庁合同庁舎という場所で。一つ間違えば警察官僚としての自分の将来が失われる。

　小野寺が〈敵〉の一味であれば、自分は捜査の秘密をリークする内通者の犬だ。一方で、堀田《ほった》警備企画課長の懐刀と言われる小野寺は、警察庁内部での出世には欠かせない貴重な人脈でもある。小野寺と堀田に見限られたら、警察官僚としての出世は相当に難しいものとなる――

「五分くらいなら」

〈じゃあ一階のドトールで〉

通話は切れた。携帯画面に表示された時刻を見る。午後九時三十六分。合同庁舎第2号館低層棟のドトールは、最近営業時間を延長して十時まで店を開けている。宮近はエレベーターホールに直行し、一階に降りた。

たった五分、会うだけだ、何も不自然ではない、同期の旧友に会って話を聞くだけだ、こちらからは何も情報を与えない――自分自身に言い聞かせる。

薄氷を踏む思い。自分はとんでもない危険を冒そうとしている。渡会課長の言うような妄想ではなく、仮に〈敵〉が実在するとすれば、確かに小野寺は疑わしい。その上司である堀田義道《よしみち》警備企画課長も。

合同庁舎第2号館に出店している飲食店は、八時か九時には閉店してしまう。郵便局や喫煙所のある低層棟も、人の影はまばらであった。唯一営業しているドトールの店内に入ると、レジに並んでいる小太りの男の後ろ姿が目に入った。

「やあ」

宮近に気づいた小野寺が振り返って手を上げた。同期の親しみにあふれる笑顔を見せて。頷いて彼の後ろに並ぶ。ともにSサイズのコーヒーを注文し、奥のテーブルに向かった。閉店に近いこの時間帯はオフィスへのテイクアウトが中心で、慌ただしくテーブルに陣取るような客はいなかった。

「聞いたよ、例のオペレーション。どうなの、状況は」

「悪い、今はノーコメントで。上からきつく言われてるんだ」

着席するなり切り出した小野寺に、用意していた言葉で応じる。

宮近の警戒を察したのか、小野寺はため息をついて、

「固いよね。まあ特捜も刑事警察の血を引いてるわけだから、情報出さないのは当然なんだろうけど、それが特捜の限界かな。そんなんじゃ日本は守れないよ。それに比べると警備警察はまあオールジャパンだから。刑事警察とは意識違うから」

気のない手つきでコーヒーにスティックシュガーを注ぎ入れ、小野寺は宮近の目を覗き込んだ。

「何か勘違いしてない？　僕らは警察官じゃなくて官僚だよ？　僕らが背負ってるのは警察じゃなくて国家だよ？」

「ちょっと待ってくれ」

自分の声がうわずるのを自覚しながら遮った。

「なんの話だ」

「官邸は大変らしいよ、今。総理が官房長官に手を嚙まれたって」

いきなりの情報に啞然とする。総理と官房長官との間の反目については日頃耳にしないでもなかったが、「手を嚙まれた」とはどういうことか。

小野寺は宮近の反応を窺うように、

「警視庁のトップも官邸と直結のラインがあるって安心してたんだろうけど、脇というか、頭頂部が甘かったね」

「だからなんの話なんだ」

「官房長官の添島《そえじま》さん。外務省出身の秘書官につつかれて漏らしちゃったんだよ、君らのオペレーションを」

「まさか」

声を失う。まさか、そんな。

「外務省が今どうして添島さんをつつくんだ」

「知らないよ。よっぽど強力な情報源があったんだろうね。僕らだって知らなかったくらいなのに。なにしろ警視庁がこっちに仁義切ってきたのはたった一時間前だよ？　凄いよね外務省」

刑事警察への皮肉も交えつつ、

「添島さん、最初は火消しに回ろうとしてたらしいけど、外務省に丸め込まれて結局追認する形になったんだって。それでただでさえうまくいってなかった総理とよけいぎくしゃくしちゃって、周りはもう大迷惑だってさ」

小野寺はコーヒーを一口飲んだだけで立ち上がり、

「これ、同期のよしみで教えてあげたけど、貸しだからね。ちゃんと返してね」

そのまま早足で去っていく小野寺を、宮近は呆然と見送った。

「尻尾は決して巻くな」

ドヴォロヴォイの猛攻は止まない。ユーリは必死にドモヴォイを操作する。フットペダルを目まぐるしく踏み換えて位置を変え、メインレバーを複雑にひねって腕を動かす。だが敵の繰り出す連打にまるで追いついていかない。後継機種だけあって、ドヴォロヴォイの反応速度はドモヴォイを大きく上回っていた。すべての警告灯が赤く点滅している。ドモヴォイの機体がもう保たない。

まだか、宮城県警はまだなのか——捜索差押礼状の交付にでも時間がかかっているのか

――
システムが次々と死んでコンソールの点灯が徐々に暗くなる。視界に少しでも闇が生まれると、そこから骸骨女が這い出てくる。自分を暗黒の底へ引きずり込もうと指を伸ばす。けたたましい笑いが耳をつんざく。

ドモヴォイの装甲が無様にへこみ、コクピットが軋《きし》みを上げる。サブコンソールパネルが完全に死んで光を失う。

骸骨女はずっといた。民話の昔から、この世の闇にずっと身を潜めていたのだ。犯罪、貧困、憎悪、戦争。手頃な闇を見つけては、時折顔を覗かせて、たまたま自分の姿を目にした者を暗黒の底に連れていく。サヴィツキー。ゾロトフの両親。ストロギノの被害者。みんな骸骨女に祟《たた》られた。それがロシアにかけられた呪いだ。世界に対する骸骨女の怨念だ。その無差別の悪意から誰も逃れられない。地上に闇がある限り、骸骨女は決して滅びず永遠に呪い続ける。だからロシアは同じ悲劇を繰り返す。何度も、何度も、果てしなく。

モニターから、レバーを伝って――骸骨女の白骨化した指が両手に絡みつくのを感じる。左手の黒犬が恐怖に怯えて跳ね回る。ここは暗黒の市だ。悪徳と腐敗、堕落と罪業の極。骸骨女が巣喰うに恰好の闇だ。

一つ、また一つ。コクピット内から光が失われる。闇が増す。哄笑が一段と高まった。

［凍ったヴォルガ川よりも冷静になれ］

死んだレスニクが教えてくれる。頭から血を流して死んでいる相棒が。

敵の攻撃を左右のマニピュレーターで防御しながら、左脚部で蹴り上げる。人体でいう股間は装甲が薄く、機甲兵装でも弱点の一つとなっている。だが外れた。難なくこちらの蹴りをかわした敵は、再び執拗な攻撃を繰り返す。

冷静になれ。この攻撃は執拗で、そして単調だ。動作のかなりの部分をシステムに依存している。本当のベテランなら決してそんなことはしない。これまで戦った相手を思い出す。タイ人傭兵ナタウット・ワチャラクン。あるいはIRFの〈猟師〉ショーン・マクラグレン。彼らに比べれば、今ドヴォロヴォイに乗っている元軍人の犯罪者は数段劣る。軍人からマフィアになり、さらにそこからも落ちこぼれた屑《くず》。サハリンやウラジオストクの吹き溜まりに掃いて捨てるほどいるタイプだ。

相手が強かったのではない。異常な状況下でのプレッシャーに自分の判断力が低下していたのだ。

ユーリは基本姿勢への復帰を指示する左の二番ペダルを外す。ドモヴォイの機体が直立した現状を維持できず、糸が切れたように一瞬崩れかける。敵の攻撃のタイミングがずれた。ドヴォロヴォイのマニピュレーターが空を切り前につんのめる。ユーリはすぐさま機体を基本姿勢に戻して回り込む。ドヴォロヴォイの背後を取った。同時に腰部装甲の継ぎ目に蹴りを叩き込む。二撃、三撃。ドヴォロヴォイは俯《うつぶ》せに倒れ、活動を停止した。

ドモヴォイの右脚部を下ろして基本姿勢に戻す。モニター映像の補正が歪んで外の様子がはっきりと分からない。ハッチを開放し、コクピットから外に転がり出る。急激に水面に浮上したように、肺にどっと空気が流れ込んできた。

ドヴォロヴォイの胴体部は路上で踏まれた空缶のように薄く潰れていた。確かめるまでもなく中の人間は圧死している。

周囲の闇で舌打ちの音がした。賭に負けた客達だ。

ユーリは冷たいコンクリートの床に崩れ落ちるように膝をつく。途轍もない消耗だ。そして恐怖。際どいところで自分は勝った。だが状況はまるで変わっていない。無数の銃口と無慈悲な視線が依然自分を取り巻いている。

連絡は確かに通じたはずだ。なぜだ、警察はなぜ来ない？

〈新井《あらい》さんがおっしゃるには、総審《そうしん》（総括審議官）からも後で電話が行くということで……ええ、確かです……ウチとしてはとりあえず包囲を維持していますが、それにも限界が

あります。なにしろこの雪ですし……〉

警電で宮城県警本部長の弁明を聞きながら、沖津は状況を分析する。

県警本部には警察庁刑事局組織犯罪対策部の新井部長から連絡があったという。そしてそれは丸根《まるね》総括審議官も了承済みであるらしい。

今野義昭本部長の声には、困惑と怒り、そして怯えが混じっていた。勇躍県を上げての包囲網を敷きながら、突然の政治介入により突入も解除もならない。どれを選択してものちに問題化する可能性がある。今野は責任を追及されることを怖れていた。

包囲態勢の維持と龍機兵搬送のトラックを強く要請して電話を切った沖津は、続けて警視庁組対部長の門脇に連絡。門脇は何も知らされておらず、ただ絶句するのみだった。

そこへ携帯に着信があった。宮近からだった。門脇との通話を打ち切って携帯に出た。

興奮した宮近の報告を聞く。

警備企画課の小野寺課長補佐からもたらされたという情報は、沖津にとっても驚くべきものだった。驚くと同時に腑に落ちる。

そういうことか――

だが外務省の意志であったとしても、土壇場で警察のオペレーションに圧力をかけたのは一体誰だ。

携帯の登録番号リストを見つめながら沖津は考える。

迂闊な探りを入れれば藪蛇《やぶへび》だ。状況はかえって悪化しかねない。またどこに罠が仕掛けられているか知れたものではない。だが今すぐに手を打たねば。県警全体を動員した非常配備態勢が長引けば長引くほど、県警関係者から関上特区内に情報が漏洩する可能性が大きくなる。そして逆に、オズノフ警部生還の可能性は限りなく少なくなる。

迷った末、一つの番号を選択して発信した。

相手はすぐに出た。

〈日比野です〉

日比野喬総理秘書官。オペレーションの窓口となっている人物である。

「特捜の沖津です」

〈君か〉

疲労の滲むため息が携帯から漏れ聞こえた。

〈すまない、こっちもついさっき知ったばかりだ。連絡が前後した。情報が混乱していてね。それも意図的なものかもしれない。どこの意図かは分からんが〉

「状況をお聞かせ下さい」

〈伊良賀《いらが》久平《きゅうへい》だよ〉

その名を耳にして、沖津は即座に理解した。

伊良賀久平は長年ロシアとの北方領土返還交渉に取り組んできた古参議員である。官房長官から今回のオペレーションの情報を得た外務省は、それを阻止するため伊良賀議員を担ぎ出したのだ。

〈伊良賀さんを中心とする委員会は今、暴力団排除法案を審議中だ。警察は伊良賀さんにはどうしても逆らえない〉

暴排法は警備公安関係の事案にも関わってくる。警備局も驚いただろう。警備企画課の小野寺は宮近に恩を着せるような口調であったらしいが、なるほど小野寺は上司である堀田課長の流儀を見事に受け継いでいる。味方のようにふるまって、実はこちらを利用する肚だ。

「潜入した捜査員の命は」

〈当然そのことも議論された。伊良賀さんは潜入捜査の合法性を疑うようなニュアンスも匂わせたそうだ。こっちは無論法的根拠や判例があってのオペレーションだが、警察としては今その論争を正面からやり合うような事態は避けたい〉

「宮城県警はすでに総動員態勢を敷いています。この段階での突然の中止は、後々きっと憶測の元となります」

〈中止の名目も決められた。『特捜の勇み足』だ。これで大概の警察官は納得する。組対部長の門脇君にはできるだけ傷をつけないようにという周囲の配慮でもある〉

「批判はすべて特捜に集中するというわけですか」

〈すまないと思っている。君の処遇については決して悪いようにはしない。私が責任を持って……〉

「理由は。官邸が説得された理由です」

〈ロシアはバララーエフとかいう男に触ってほしくないそうだ。伊良賀さんはここでロシア側に恩を売っておくのが外交上得策だと主張している〉

「待って下さい」

バララーエフの名前が浮上したのはつい数時間前だ。

「ロシアがどうしてバララーエフの名を――」

そう言いかけて沖津は自らの言葉を呑み込んだ。答えは自明だ。警視庁と関係なく、ロシアは以前からバララーエフをマークしていたのだ。〈支配人〉が彼の別名義であることも把握していたに違いない。

クレムリンの高級官僚であったバララーエフは数々の国家的規模の犯罪、いや、あからさまな国家犯罪に関与している。他国の公的機関に彼が逮捕されることをロシアは決して望まない。

沖津は悟った――すでに詰んでいる。打つ手はない。

「予想外の健闘じゃないか、ティエーニの友人は」

息絶え絶えとなってうずくまるユーリを眺め、バララーエフは面白そうに言った。

「さすがは特捜部の突入要員に抜擢されただけのことはある。日本警察も役に立つ犬を拾ったものだ」

薄闇に包まれた客席で誰かが立ち上がった。口髭に狷介な目つき。クレアンガだ。彼は満身創痍といったドモヴォイを憤然と指差し、

「余興もいいが、残るバーバヤーガまでこんなダメージを受けたらどうする。肝心の商品テストに差し支えるのではないかね」

「おっしゃる通りだ」

バララーエフは首肯して一同に向かい、

「またも変更で申しわけないが、第二試合はなしだ。その代わりこの男を今すぐバーバヤーガに乗せ、キキモラと対戦させる。それなら納得して頂けるだろう。キキモラは日本警察の龍機兵に匹敵する新世代機だ。その相手として龍機兵の現役搭乗員ほどふさわしい者

はいまい」

　メキシコ人が茶々を入れる。

「そりゃいいが、その犬、もう舌を出してへばってるぜ」

　客の間から笑いが漏れた。

「戦意を喪失した闘犬は処理されるだけだ」

　支配人の目配せで歩み出た若いブリガーダの一人が、うずくまるユーリの頭部にグロックの銃口を強く押しつける。それを左手で弱々しく押しのけ、ユーリは疲労しきった足に力を込めてかろうじて立ち上がった。

　やるしかない。

　もう戦えないと見なされれば即座に殺される。絶望の蟻地獄だ。力尽き果てるまでもがき続けるしかない。

「やる気はあるみたいだが、足許がふらついてるじゃねえか」

　嘲笑うデルガドにバララーエフが、

「彼の試合内容に満足できなければ、用意した選手を使うまでだ。彼らはせっかくの生き延びるチャンスを横からさらわれて大いに憤慨しているからね」

「乗り手より機体の方が問題だ」

クレアンガが再び異を唱える。

「戦闘で消耗した機体で対戦しても商品の性能評価にはならんぞ」

「それもご心配なく。なにしろここはルイナクだ」

ユーリは弾かれたように振り返った。

バララーエフはさらなる機甲兵装が用意されていると示唆したのだ。ホテル内か、それとも別の場所か。一体どこに何機隠されているのか。

早く本部に知らせなければ――

この期に及んで犬の性根が首をもたげる。あまりの愚かさに笑うしかない。そして自らを嘲る。死を前にしてなお自分は犬なのか。仲間が駆けつけてくる気配すらないというのに。

ユーリは砂袋のように重い足を引きずってリングを出た。

背面のハッチを開放して彼を待ち受ける第二種機甲兵装『バーバヤーガ』。ロシア連邦軍が昨年度から正式採用している最新鋭機である。それを模擬戦用の噛ませ犬として用意したという一点を取ってみても、ルイナクと〈支配人〉の底知れぬ力のほどが窺える。

そして――『キキモラ』。

「キキモラに搭乗するのはイサーク・パナマリョフ。元ヴォストーク大隊の精鋭です」

粛々と進行させるブラギンの紹介に応じて、軍用パイロットスーツを着た筋肉質の男が現われた。監禁されていた四人ではない、組織側のテストパイロットだ。やはり元スペッナズ。落ち着いたその目には不安も動揺もない。そして油断も慢心も。さっきの男よりは明らかに腕が立ちそうだ。

「キキモラに三十万賭けるぜ」

楽しそうにデルガドが声を上げた。

「こっちも三十万」「私もだ」

アーザムとセドランが続く。

皆ここぞとばかりに張っている。つい今し方ドヴォロヴォイに張って大負けしたのだ。ここで取り返すつもりなのだろう。キキモラが触れ込み通りの性能だとすれば、ロシア軍の最新鋭機であってもバーバヤーガの勝ち目は薄い。息の上がったユーリのみじめな様をまのあたりにすればなおさらだ。

「私はキキモラに四十万だ」

クレアンガまで参加した。四人で合計百三十万ドル。

「どうやら賭けは不成立のようだね」

〈支配人〉が苦笑したとき、ゾロトフが発した。

「バーバヤーガに百三十万」

全員が息を吞む。沈黙の中で、黒髪のヴォルは悠然とウォッカのグラスを傾けている。

続けて声が上がった。

「バーバヤーガに百四十万」

闞《クワン》だった。

地下であるにもかかわらずサングラスを掛けたままでいる。その目の奥の真意は誰にも読めない。

ゾロトフもさすがに意外そうに闞を見ている。

他のバイヤーとも距離を保ってそれまで積極的に関わる素振りさえ見せなかった闞が、今、元警察官に百四十万ドルもの金を無造作に賭けた。

会場がざわめく。

何かあるんじゃねえのか――デルガドらが囁き交わしている――奴ら、裏でつながってやがるんじゃねえのか――〈支配人〉はどうする気だ――

聞こえていながら、闞はまるで意に介さぬ様子で深々と座している。

ゾロトフと闞、二人合わせて二百七十万ドル。再び賭けは不成立となった。

「いいだろう、私がキキモラに百四十万出すとしよう」

バラーエフが敢然と受けて立つ。

すかさずゾロトフが発した。

「バーバヤーガにもう百万」

そして、闞も。

「こっちもう百万だ」

もはやため息さえ聞こえない。賭け金は合計七百四十万ドル。

「どうした、支配人さん。あんたご自慢の新型機じゃなかったのかい。だったらこんな痩せ犬に負けるはずはないだろう」

ゾロトフがからかう。さすがの貫禄だ。

「俺の支払能力なら心配するな。まあ、あんたらの方が本人の俺よりよく知ってるだろうがね」

「よろしい、ティエーニ。友人への君の信頼に免じて乗ろうじゃないか。香港の客人のお考えは分からないがね。キキモラにもう二百万上乗せだ」

その金額を手帳にメモするブリガーダのペンは明らかに震えていた。

闞は無言で老酒《ラオチュー》の盃を口に運んでいる。

彼が一体何を考えているのか、もはやユーリにはどうでもよかった。生死の境で、中国人犯罪者の酔狂の理由など。

腐敗物特有の微温にも似た場内の冷たい熱気は、いやが上にも高まった。

投光器の光がキキモラを照らし出す。元ヴォストーク大隊の男の前で、キキモラの腹が左右に割れコクピットが開放された。シートはない。

やはりマスター・スレイブ方式だ――

最初に情報を知らせてきた組対の安藤捜査員も、だからこそキキモラが龍機兵ではないかと疑ったのだ。

テストパイロットは颯爽《さっそう》とキキモラに乗り込んだ。脚筒、腕筒に手足を通す。龍骨‐龍髭システムなのかどうかまでは分からない。頭部シェルが左右から男の顔を呑み込むように閉鎖され、ハッチが完全にロックされる。

こうして改めてマスター・スレイブ方式の機種を見ると、まるでマトリョーシカの人形だった。人形の中に人形がいる。果てしない相似。またも骸骨女の狂おしい笑いを聞いたように思った。

起動したキキモラが足を踏み出し、リングへと向かう。それをスポットライトが追い続ける。スター選手の入場だ。機械臭さのない滑らかな足運び。その一挙手一投足を見つめる観客の視線が一層の熱を帯びる。大金に値する商品かどうか見極めようと。

横たわるドヴォロヴォイの残骸を、キキモラはひょいと足を上げてリングの外へと蹴り出した。搭乗者の死体を乗せたままのドヴォロヴォイは、摩擦の火花を上げながらコンクリートの上を滑っていった。なぎ倒されるロードコーン。もとより曖昧であったリングの位置はないも同然となった。

キキモラは悠々とライトの中心へと歩み出る。そのスムースな動作にバイヤーの間から嘆声が漏れた。

「おまえも早く行け」

グロックを手にした若いブリガーダが、バーバヤーガを顎で示しユーリを急き立てる。

機甲兵装には慣例としてケルトの古い妖精の名前が付けられることが多い。ロシアでも同様で、最初期の機種『ブーカ』などがそれに当たるが、ナショナリズムの発揚からか、のち次第にロシア固有の精霊の名前が付けられるようになった。『ドモヴォイ』『ドヴォロヴォイ』などがその例で、最新型の『バーバヤーガ』もスラヴ民話の妖婆に由来する。

鋼鉄の妖婆のハッチにおずおずと足をかける。黒々と口を開けるコクピット。中に入る者を一呑みにしてしまいそうな。ユーリは自ずと止まってしまった。バーバヤーガは子供をさらって喰う妖怪だと子供の頃に聞いたことがある。骸骨女と同じだ。根源的な恐怖を伴う嫌悪と反感。自分はそんなものに乗って戦うのか。

「どうした、早く行け」

若いブリガーダはグロックの銃口で背中をいらだたしげに小突いてきた。

俺に触るな——かっとなって振り返る。痩せ犬の隠れた牙が見えたのか、男は一瞬怯えの色を見せて後ずさった。狼狽した己をごまかすように、彼は両手で銃を構え直し、大声で喚いた。

「犬が、ビビりやがって。そんなに乗りたくねえってんならここで死ね」

無言で身を翻し、ユーリは闇の胎内に踏み込んだ。


新幹線の車中で、城木は状況の連絡を受けた。あまりのことに声を失う。まだ突入が行なわれていないとは。

学生時代から理想家肌と評されることがたびたびあった。それは褒め言葉でもなんでもなくて、世間知らずと揶揄されているだけだと気づいていた。どう思われていても構わない。理想であろうと夢想であろうと、要は自分の意志を実現できれば同じことだ。

そう考えて周囲の言葉を受け流した。そう考えて国家公務員採用Ⅰ種試験を受け、警察庁に入った。しかし警察の現実には想像を絶するものがあり、日々城木を打ちのめした。世間知らずと嗤われるのも当然だとようやく思い知ったものだった。

命を賭して潜入した警察官が知らせてきた情報。それを受け取っていながら、今の今まで放置して恥じない。信じ難い思いだった。

隣の座席の渡会課長は、憤怒の形相で黙り込んでいる。その後ろにずらりと座った組対部員達も、やはり怒りを隠せずにいた。

「どうなってるんだ」「上は何を考えてるんだ」「ふざけるな」「やってられるか」「潜ってるヤツは見殺しかよ」

そんな声が背後から聞こえてくる。近くの席の乗客は皆怯えたように硬直していた。こちらと決して目を合わせないが、全身で様子を窺っているのが分かった。ヤクザが不穏な話をしていると思われたようだ。そそくさと別の車輌に移動する乗客もいる。

城木は立ち上がって後ろの席を振り返り、目で彼らを諫《いさ》める。世にも恐ろしげな面構えの男達は城木を見て一様に口をつぐんだ。しかし黙っただけで、中には反発と敵意を露わにして睨み返す者もいた。

特に強烈な三白眼の視線。森本捜査員のものだった。城木は目を逸らさずにその充血した視線を受け止める。

「特捜が納得したって、俺ら、そうはいかないですから」

森本が開き直ったように立ち上がった。

「俺らはあんたらとは違いますから」

「話は後で私が責任を持って聞く」

「処分でもなんでもして下さい。俺ら絶対に――」

渡会が振り返って一喝した。

「座ってろ、森本」

腹の底が震えるような、有無を言わせぬ迫力だった。森本は黙って従った。

城木も前に向き直って着席する。組対部員達の怒りの視線が、シートを通して背中に突き刺さってくるような感触がした。

不甲斐ない――どうしようもなく湧き上がる無力感――こんな自分が。警察が。

沖津はじっと考える――すでに詰んだ盤をひっくり返すには？

警電に伸ばしかけた手を引っ込め、再び携帯を取り上げる。番号を選択しているときに着信があった。覚えのない番号だ。躊躇なく応答する。

「沖津です」

〈はじめまして、外務省の久我《くが》と申します。この番号は西欧課の周防《すおう》君に聞きました〉

「ロシア課の久我さんですね。お名前は存じております」

外務省欧州局ロシア課の久我直哉《なおや》首席事務官。西欧課の周防尋臣《ひろおみ》首席事務官と並ぶ欧州局の逸材との呼び声も高い。だが外務省のロシアスクールはクセ者揃いだ。外部に対しては結束を誇示しながら、内輪では争って上司の機嫌を窺い、足の引っ張り合いに余念がない。個々人の資質というより、外務省という組織が抱える問題である。

〈急用があってお電話させて頂きましたが、その前に一つ。おそらく沖津さんは今あれこれ手を打っておられるところでしょうが、今度ばかりはご勘弁下さい。対露交渉でやっと光が見えてきた矢先ですので〉

外務省が秘書官を通じて官房長官に接触した構図。その背景が見えた。

「向こうからの――ロシアからの要請ですね」

〈お答えできません〉

その意味はイエス。ロシア側から情報が流されたのだ。驚いた外務省は、官房長官に当たってその情報が正しかったことを知った――

〈長年苦労してここまで漕ぎ着けたんです。それを警察のスタンドプレイでひっくり返されたんじゃウチとしてはたまりません〉

「お言葉ですが、潜入した警察官の命がかかった局面ですよ」

〈それがスタンドプレイの結果でしょう〉

「国際犯罪摘発のためのオペレーションです」

〈お互いの立場と責任が違いますからその議論は不毛です。ともかく、こちらとしては伊良賀先生に入ってもらった以上、退くわけには参りません。そちらとしても暴排法案の審議が滞るような事態にでもなったら困るでしょう〉

確かに警察組織の総意は暴排法の成立を第一とするに違いない。沖津は質問を発して返答を避けた。

「それで急の御用とは」

〈今の話とまったくの別件というわけではありません。この問題の処理のためロシア警察の幹部が来日中です。無論極秘裏にですが。内務省の犯罪捜査総局副局長です。この人が沖津さんとの面会を希望しておられます。なにしろ微妙な問題ですので、ご自分からも説明なさりたいのでしょう。私はその必要はないと申し上げたのですが、ダムチェンコ副局長はどうしてもと〉

「もう一度お願いします」

思わず訊き返していた。

〈はい？〉

「副局長の名前をもう一度」

フルネームを訊かれたと思ったのか、久我は怪訝《けげん》そうに言い直した。
〈ドミトリー・ロマーノヴィッチ・ダムチェンコです〉

第二種機甲兵装の操縦装置は、第一種と違い基本的に各一対のスティックとペダルのみである。動作の多くがマクロ化されていて、多様化、複雑化した機能のため操縦の習得は容易ではないが、一度覚えてしまえば細かな操作に忙殺されず、より重要な判断に専念できるという利点がある。反面、第一種に比べコクピットの閉塞感は尋常ではない。鉄の外殻に密閉される恐怖で精神を病む者も少なくない。

閉鎖されたバーバヤーガのコクピットの闇の中で、ユーリは震える——自分はやはり同じ過ちを繰り返してしまったのではないか。

かつて自分は上司に欺かれ地獄に堕ちた。義兄となるはずだったダムチェンコ班長に。

宮城県警の突入が遅れているのは日本警察に共通する例の特捜アレルギーのせいかとも思った。警察のセクショナリズムは日本もロシアも変わりない。だがそれは充分に想定した上でのオペレーションだったはずだ。その保証が覆《くつがえ》された。だとすると上層部の計画的な裏切りだ。あのときと同じ、国家レベルの犯罪だ。沖津部長はやはり自分を救うと見せて、その実、利用する機会を待っていたのか。左手の黒犬が闇の中で咽《むせ》び泣く。警察という組織の腹の黒さに。

警察は来ない。またも自分は見捨てられた。何度も利用され、その挙句に捨てられる。骸骨女の呪い。同じ過ちを繰り返す。警察は来ない。

メインモニターに対峙するキキモラの正面像が投影される。威嚇的な、強者の余裕に満ちた像。敗北を微塵も予期せぬような。

バーバヤーガのコクピット内にブラギンの通信音声が響いた。

〈ファイト〉

ドヴォロヴォイの男と違って、キキモラのパイロットは安易に突っ込んでこない。様子を見るようにリングの内周をすり足で移動する。バイヤーにマスター・スレイブ方式の特徴を最大限にアピールしようとしているのだ。

ユーリも用心深く構えて相手の出方を待つ。

［自分自身を信じろ］

容貌魁偉《かいい》な刑事が吠えた。ゴリラに似たゲンナージー・ボゴラス。あなたの優しさが懐かしくてたまらない。だがあなたは皆と同じに俺を見捨てたじゃないか――

相手が如何に熟練した操縦者であったとしても、そう簡単にやられはしない。自分も今日まで数知れぬ強敵を相手にしてきた。伊達にアジアの裏社会を生き延びてきたわけではない。また特捜部に拾われてからも散々に経験を積んだ。実戦で見せる姿俊之の臨機応変な大胆さ。ライザ・ラードナーの精密機械のような非情さ。自分は彼らの間近でそれを学んだ。

突然キキモラが大きく踏み込んできた。回避行動が間に合わない。肩部装甲の端を突かれた。かろうじて持ちこたえる。カウンターで相手の機体を捕まえようとしたが、キキモラは余裕で元のポジションに戻っている。あくまで人体に近い動作をアピールする気だ。キキモラはやはり龍機兵なのか。だとすれば自分に勝機はあるのか。

相手が再び踏み込んできた。急激なバックステップでそれをかわす。機体の足許でコンクリートに火花が散った。それでもまた肩を突かれた。膝の関節を深く曲げてそのダメージを殺すと同時に、こちらからも同様の動作で仕掛ける。一足飛びに間合いを詰め、機甲兵装共通の弱点である機体側面を狙って蹴りを繰り出す。外れた。素早く元のポジションに戻ろうとするが、相手は隙を逃さず組みついてきた。柔道の動きに似ている。逃れようとスティックとペダルを懸命に操作する。どうしても離脱できない。相手は執拗に回り込んでバランスを崩しにくる。やはり柔道だ。元ヴォストーク大隊の男は柔道の技をプログラムに組み込んでいるに違いない。

唐突に夏川主任を思い出した。柔道の得意な捜査班の夏川警部補。何度も由起谷主任の見舞いに行っていた。レスニクもそうだ。ラズヴァイロに撃たれて入院したとき、レスニクは毎日のように見舞いにやってきた。相棒。レスニクは自分を相棒と呼んでくれた。さらに思い出す。さらに唐突に。由起谷の白い顔。そうだ、由起谷はどこか父に似ている。その穏やかな佇まいが。誰からも信頼されたミハイル・オズノフ警察大尉に。自分は父に似なかった。父のような警察官になりたいと思いながら叶わなかった。父に忠告されていながら民警に入って恐ろしい〈苦労〉をした。そして誰よりも唾棄すべき男に似た。息子からも愛されない哀れなネストル・ゾロトフに。

午後十時二十二分。沖津は品川プリンスホテル三十九階のバー『トップオブシナガワ』に早足で入った。目に飛び込んでくる一面の夜景。窓際のテーブルに並んで座っていた大柄なサングラスの白人と中背の日本人が視線を向けてくる。面識はないが、互いに待ち合わせの相手であると悟った。白人と日本人が立ち上がる。

「特捜の沖津さんですね」

「はい」

「欧州局の久我直哉です。こちらがロシア内務省のドミトリー・ダムチェンコ副局長」

大柄な男はレイバンのサングラスを外した。強い光を湛えた目。資料によれば今年で四十八歳になる。ファイルに添付されていた写真と違い、鈍い金髪は大部分が灰色に変わっていた。だが写真からも感じられた精悍な気迫は、何倍にも増大して眼前にあった。

ダムチェンコは大きな手を差し出し、素っ気ないロシア語で言った。

「お会いしたいと思っていました」

「こちらもです」

沖津もロシア語で応じ、その手を握り返す。ダムチェンコの手の感触は、風雨に晒された農夫《ムジーク》のもののようだった。

「沖津部長、あなたはユーリを再び警察官に任命してくれた。私はずっとそのお礼を申し上げたかったのです」

沖津は驚いてダムチェンコを凝視する。

その発言の意味――ダムチェンコが自分に会いたがったのは今回の件があったからだけではない、ずっと以前から彼はユーリと特捜の動きに目を配っていた――

ややあって、沖津はようやく声を発した。

「私は長い間あなたがユーリ・オズノフを嵌めた一味だと思っていましたが、どうやら事実は少し異なっていたようですね」

「いいえ、違ってはいません。その通りです。自分はあのとき確かにユーリを見捨てた」

「しかし角度を変えれば、別の見方もできますね」

ロシア内務省犯罪捜査総局副局長は、顔中の皺を大きく歪めて微笑んだ。

「あなたは私が思っていた通りの人だった」

外交官の直感で状況の急変を悟った久我が、慌てて二人をロシア語で制止する。

「申しわけありませんが面談はここまでとさせて下さい。私の権限の範疇外に及ぶおそれがあります」

「待って下さい久我さん、もう少しだけ副局長と」

「いいえ、これ以上お話があるようでしたら正式な手順を踏んで下さい」

ダムチェンコは、久我に向かって重々しい口調で言った。

「久我事務官、あなたにはこの場から退席して頂きたい」

「えっ」

驚愕する久我に、

「無礼は承知だが、決してあなたをないがしろにしてではない。むしろあなたの立場を慮《おもんぱか》ってのことと理解してほしい」

「どういうことですか」

久我が聞き返す。さすがに顔色が変わっていた。

ダムチェンコは鋭い目で久我と沖津とを交互に見つめ、

「あなたを利用する形となってしまったことについては心よりお詫び申し上げる。私の立場として他国の外交官に話すわけにはいかない情報がある。また同時に、警察官として信頼できる日本の捜査関係者にその情報を伝えねばならない」

逸材と称される外交官はその意味をただちに理解した。

「クレムリンの二重構造ですね」

久我は落ち着いた様子で立ち上がり、

「私はダムチェンコ副局長とともに外務省の方針を沖津部長に説明した。今夜はそれ以外の話は何も聞かなかった。それでも後日なんらかの責任を問われるのは避けられないでしょうが」

そしてダムチェンコと沖津にこう言い残してテーブルを去った。

「私は警察官ではありませんが、日露間の真の外交に携わる者として、あなた方の仕事が成功することを心より祈っています」

その後ろ姿を見送って、ダムチェンコが感心したように言った。

「いい男だ」

沖津も同意を表明する。

「まったくです」

壮絶な取り合いとなった。双方の装甲がぶつかり合い、金属のこすれる不快な轟音と激しい火花が絶え間なく会場に谺《こだま》する。バーバヤーガのマニピュレーター先端部が突き指をしたように次々と圧損し、何本かは関節と逆方向に折れ曲がる。ついにバーバヤーガの肩部ギアハウジングの端をキキモラがすかさず右脚部をねじ込んでくる。振り払おうとしてバランスを崩す。左右脚部の間にキキモラがすかさず右脚部をねじ込んでくる。信じられない。キキモラはこっちに足払いをかけようとしている。

機甲兵装の格闘戦において相手を倒すことができれば圧倒的に優位に立てる。しかし機体の脚部は重く頑健に作られている。足払いなどの技はむしろ仕掛けた側が転倒するリスクが高い。

無謀とも言える敵機の技に驚愕しつつも、ユーリはこらえる。敵はさらにねじりを加えてきた。バーバヤーガの機体が重力を忘れたかのように軽々と虚空に円弧を描く。

一瞬の幻影——雪原を走り去る痩せ犬達。泥濘《でぃねい》に足を取られた自分だけを残し、獲物に向かって、はるか遠くへ。傷ついた白い鶴。雪の中、その鳴き声が一際高く——

次の瞬間、バーバヤーガは轟音を上げて仰向けに叩きつけられた。衝撃に脳が痺れる。

キキモラが続けて足を振り上げた。バーバヤーガの機体が自律的に立ち上がって回避しようとする。間に合わない。バーバヤーガの左手がプレスマシンに載せられた自動車のように一瞬で踏み潰された。


品川プリンスから沖津はただちに日比野総理秘書官に連絡した。

「ロシアは日本の司法当局によるバララーエフ逮捕を支持しています」

〈なんだって〉

携帯の向こうの日比野は愕然として、

〈外務省を通じて奴には触るなと警告してきたばかりじゃないか〉

「クレムリンの二重構造です」

〈どういうことだ〉

生粋の警察官僚である日比野はロシアの政治事情には疎《うと》い。

「主流派の勢力図に変化があったのです。政治的には表面上何も変わりませんが、新たに主流となった者達は、バララーエフを庇護する守旧派を一掃したいと考えています。つまりバララーエフ逮捕の外堀はもう埋められているということです」

〈外務省はそんなことは一言も……〉

「外交筋どころか、本来ならこの段階でどこにも出ることのない情報です。ダムチェンコ副局長は、外交上は明らかにしないという形式を堅持することによってこの極秘情報を渡してくれたのです」

〈確度は？　本当に間違いないんだな？〉

「間違いありません」

十秒近くにわたる沈黙の後、日比野は言った。

〈分かった。私から総理に伝える〉

「お願いします。私はこれからダムチェンコ副局長とヘリで現地に向かいます」

現場指揮車から外に出た生島は、寒さに身を震わせた。間違いなく今年一番の冷え込みだ。

よりによってこんな夜に――

刑事部長として情けなく、また申しわけなく思った。全県から動員した警察官を、雪の中で配置に就かせたままでいるのだから。

「生島さん」

声をかけられ、振り返った。岩沼署の福田《ふくだ》哲男《てつお》署長だった。数人の部下を連れている。

「突入はやはりないのですね」

「ないと決まったわけではありません。包囲は維持せよという命令です。申しわけありません」

頭を下げた生島に、福田は先回りするように言った。

「ウチのことなら気にせず、どうか上と交渉を続けて下さい。お願いします。今包囲の解除を命じられるのを思えば、雪の中で一晩立ってるくらいなんでもないとみんな言ってます」

定年間近の福田は、生島と同じく地元出身の叩き上げであった。

「ウチだけじゃありません。現場はみんな同じ思いのはずです。特に地元の者は、閖上を取り戻す日をずっと待っていたんです」

穏やかな口調で訥々《とつとつ》と語っているが、福田の言葉は言い尽くせぬ意地と怒りに満ちていた。

「震災からずっと、閖上は踏んだり蹴ったりでした。みんな親や兄弟、家や土地をなくしてます。血の滲むような思いで一からやり直し、やっと復興が軌道に乗ったと思ったら不良外人の巣になって、今では誰も手が出せない。こんな馬鹿な話がありますか。在職中になんとしてでも閖上の治安を回復し、本当の復興への道を拓くのが私の悲願でした。それができなかったら、私は一体なんのために警察官になったのか分かりません。だからどうか、お願いします、刑事部長」

福田の部下達が一斉に頭を下げる。

生島は言葉を失った。閑上出身でなくとも、震災で被害に遭った土地の者はきっと同じ思いである。

だが今の自分も福田らと同じく、上の判断を待つだけの立場でしかない。本部長であってもそれは同じだ。安易に請け合うことは現に慎まねばならないと思う。それがどうしようもなく不甲斐なかった。

頭を下げ続ける署長達に何か応えようとしたとき、雪の消防署に新たに三台の車輌が到着した。一同は慌てて脇に移動し、道を空けた。

仙台空港に特捜部の突入部隊を迎えに行ったトラックであった。

停止した各車輌から、背の高い白髪頭の男と、同じく背の高い金髪の女が降りてきた。

噂に聞く特捜の雇われ兵とはこいつらか――

だが今は〈部外者〉への反感に拘泥《こうでい》している場合ではない。

「宮城本部の生島です」

名乗りながら二人の方に小走りで近寄る。

白髪の男が反射的に敬礼した。

「特捜の姿警部です。貴官の指揮下に入るよう命じられております」

なるほど軍人らしい。が、男は続けて、

「……ま、突入があればの話ですがね」

上層部への皮肉だろうが、人を食ったその言いように生島は面食らった。白人の女は表情一つ変えずに黙ったままである。

「申しわけありません、私が特捜部の鈴石警部補です」

三台目のトラックから降りてきた若い女が、二人のフォローをするかのように慌てて駆け寄ってきた。警視庁のスタッフジャンパーを着てはいるが、二人とはまた違う意味で警察官らしくない。眼鏡をかけた知的な面差し。連絡にあった技術班の主任だろう。技官ならば階級がないのが普通だが、警部補とは。しかもこんなに若いとは聞いていなかった。

特捜部の異様さを、生島はまざまざと見せつけられた思いだった。


左腕を踏みつけられたバーバヤーガは右脚で相手を思いきり蹴り上げる。キキモラは軽やかな動作で床を蹴り後方に跳躍する。ユーリはその勢いで機体を捻り、仰向けから俯せに転じる。敵は脇腹を狙って蹴りを繰り出してきたが、間一髪でそれをかわし直立姿勢へ復帰する。

今や観客は感嘆の目でキキモラを見ている。柔道の足払いで機甲兵装を鮮やかに横倒しにしてみせた。観衆の顧客におよそ考え得る最高のパフォーマンスを披露したのだ。スペックのデータなど数字の羅列では決して実感できないものをバイヤーはまのあたりにした。マスター・スレイブ方式を採用した製品として申し分のない動作の緻密さと完成度。従来機に対する優位性は明らかだった。

潰れた左マニピュレーターを肩からぶら下げ、ユーリのバーバヤーガは執念でキキモラと対峙する。まるで血を流す手負いの闘犬のように。それでも依然牙を剝いて闘志を示す。あらゆる者への抵抗の意志。支配する者。虐げる者。謀る者。裏切る者。悪と堕落に魅せられた者。自分は抗う。最後まで。それが警官の息子であった者の最後の誇りだと言わんばかりに。

誰の目にも手負いの旧型機に勝ち目はない。しかし隻腕のバーバヤーガはゆっくりと半身を踏み出し、残る右腕を挑発的に大きく高々と振り上げる。戦闘再開の宣言だ。

悲愴にして滑稽なバーバヤーガの意思表示に、観客席から失笑が漏れる。

笑っていない客が二人――關《クワン》とゾロトフ。

消防署二階の会議室で、姿警部とラードナー警部は箕輪機動隊長から現場状況の説明を受けた。現場指揮官の生島ら県警幹部も同席する。

宮城県警にはSATは設置されていない。機動隊はもちろん日々厳しい訓練を積んでいるが、突入、制圧といった特殊部隊としての訓練が充分であるとは言い難かった。また使用する装備も他県に比べ旧式が多い。見張りの警備員を内部の者に気づかれぬよう全員確保してから突入するのは到底不可能である。どうしても通常の一斉捜索に近い形とならざるを得ない。

消防署をはじめとする関連当局に提出されているホテルの図面を検討した結果、機甲兵装のデモンストレーションの実施に耐え得る広さと構造的強度を有する場所は、カジノホールとして設計された地下以外にないと結論づけられた。

機甲兵装が地下カジノへ外部から直接出入りできる通路は二か所。正面玄関から続く階段と、搬入口の奥にある業務用エレベーターである。外部からの目視によるとホテル正門をはじめ敷地内の出入口にはすべて厳重な車止めが施されているという。

姿警部は作戦について箕輪隊長に何点か質問した。いずれも豊富な経験がなければ発し得ない的確な質問であり、生島は姿という人物への認識を改めた。次に鈴石警部補が立ち上がり、龍機兵の運用について技術的観点から補足説明を行なった。専門家としての矜持に満ちた彼女の態度にもまた生島は感銘を受けた。

作戦の最終的な確認を終え、一同はすぐに立ち上がる。十時三十四分。

募る一方の焦燥を抱えて生島は消防署を後にした。一体命令は出るのか、出ないのか。県外からの応援も受け入れつつ、いつまで待機を続ければいいのか。万が一にも命令が出なかったら、自分はすべての部下になんと言えばいいのか。そして潜入している刑事の命は。

バーバヤーガを前進させ、猛然とつかみかかる。キキモラはそのまま受けに入った。互いに真っ向からぶつかるはずが、そうはならなかった。

ディスプレイにシステムの再調整を求める表示が浮かぶ。左腕部の損耗のためバーバヤーガの機体バランスが大きく狂っていたのだ。慌てて動作方向を修正しようとして、ユーリはキキモラが見当違いの方向に手を伸ばしていることに気がついた。

こいつは龍機兵なんかじゃない——

はっきりと悟った。龍骨‐龍髭システムではあり得ない。キキモラは操縦者の技量ではなく、コンピューターの先読みに頼って動いている。

機体バランスをあえて狂わせたまま、ユーリは残る右腕を相手の左肩に伸ばす。それをかわそうとしたキキモラの頭部が粉砕された。自分から当たりに行った恰好だ。しかし同時に蹴り上げられたキキモラの左足の爪先が、バーバヤーガの右大腿部側面を直撃した。

外周映像にノイズ。ディスプレイが赤く点滅し、走行不能を示すアイコンが浮かぶ。完全に足をやられた。

迫り来るキキモラの掌がモニターに大きく広がった。

午後十時四十一分。県警本部から命令が下った。
《突入せよ》
地元水産会社の社名の入ったトラックが二台、閖上ベイパレスホテルに法定速度で接近した。ホテル近くで急激に加速したトラックは、そのまま二手に分かれてそれぞれ正門前と通用門前で停止。荷台から躍り出たフィアボルグとバンシーが、車止めの柵を飛び越えてホテル敷地内へ突入する。フィアボルグは搬入口から作業スペースを抜けエレベーターへ。バンシーは正面玄関門からロビーの階段へ。
同時にホテル正門へセダン、ミニバン、軽トラックなどが殺到、中に潜んでいた機動隊員がホテル敷地内に雪崩《なだ》れ込む。また特区全体を遠巻きにする形で配置されていた警察車輌や警察官達も一斉に動いた。

特捜部の指揮車輌はまだ宮城に入っていない。龍機兵は予定通り独自判断で行動する。業務用エレベーターに直行した姿のフィアボルグは、予期せぬ防衛線に遭遇した。前方より銃撃。咄嗟に柱の陰に飛び込んだ。エレベーターの左右に停められたトラックの後ろから撃ってきている。敵は外から見えない位置に警備の機甲兵装を隠していたのだ。姿の頭部を包むシェル内壁の半透過スクリーンに状況がオーバーレイ表示される。敵機識別。『ドヴォロヴォイ』二機。機影に視線を向けると自動的に距離、方向、武装等の諸元表示が浮かぶ。二機のドヴォロヴォイはNSV重機関銃で攻撃している。12・7㎜×108弾薬の奔流がフィアボルグの隠れる柱を着実に削り取っていく。厄介な足止めだった。

事態は一刻を争う。ユーリの通報からすでに相当の時間が経過している。しかも通報は喋りかけた途端に切れたという。

ロビーを抜けて正面の大階段を一気に下ったライザのバンシーは、そこで困惑したように足を止めた。

地下室はなかった。あらかじめ入力したマップと異なっている。廊下の壁が左右に続いているだけだった。バンシーに続いて階段を駆け下りてきた機動隊員も、途方に暮れたようにヘルメットのバイザー越しに顔を見合わせている。

ホテル設計図をモニターに呼び出して確認するまでもなかった。完璧に頭に入っている。

純白の装甲の下、ライザの表情に変化はない。


柱の陰で、フィアボルグはたすき掛けにしたホルスター兼用のマガジンベルトから背中のバレットXM109ペイロード・ライフルを抜く。いくら人体に近い形状をしているといっても、龍機兵の指で人体サイズの現用銃を自在に操れるわけではない。多くの機甲兵装は外装式アダプターを使用して銃火器を運用する。龍機兵の場合は内装式で、よりスムーズに銃器を把持できるようになっている。

フィアボルグの掌底部から伸びたアダプターの先端がバレットのグリップを固定し、トリガーに接触する。その間約十三秒。

相手の攻撃の呼吸を計って柱から飛び出したフィアボルグが、左右のトラックに向けて一発ずつ発砲する。

ドヴォロヴォイが二機同時に沈黙した。

二発の25㎜徹甲弾は、トラックの荷台を貫通してドヴォロヴォイの胴体部コクピットを貫いていた。

ライザはバンシーを目の前の壁に接近させ、マニピュレーターの掌底で何か所かを叩いてみる。

思った通りだ――

後ろ暗い行為の行なわれているカジノではよくある詐術的構造になっていた。

バンシーの左マニピュレーター先端部――人体でいうと小指と薬指の先――にあるディスペンサーから二種類の液体火薬を送出し、混合しながら壁面に塗布する。量は少なめでいい。どうせ見せかけの壁だ。最後に信管を接合させる。背後の機動隊員を振り返り、掌を突き出して〈下がれ〉と合図する。隊員達が慌てて階段を駆け上がっていく。

自らも階段の踊り場まで後退し、点火信号を送信する。

爆発。壁が消滅し、黒々とした空間が口を開ける。立ち込める粉塵の中に躊躇なく踏み込む。

銃声に続いて爆発音が響いた。振動で地下のリングが大きく揺れる。正面からぶつかろうとしていたバーバヤーガとキキモラは、双方反射的に動作を中断した。

銃を手にしたブリガーダ達が走り出す。

突入だ――

バンシーとフィアボルグがそれぞれ別方向のドアから飛び込んできた。

バレットを構えたフィアボルグがこちらに銃口を向ける。ユーリは咄嗟にバーバヤーガのハッチを開放し、顔を晒して機外へ身を投げ出した。同時にフィアボルグは銃口の向きを変え、キキモラを狙撃する。コクピットを一発で撃ち抜かれたキキモラはそのまま動かなくなった。

場内は大混乱に陥った。バンシーが機体からスタングレネードを射出する。ユーリは床に突っ伏して目と耳を塞いだ。炸裂する閃光と轟音。多くの者が行動不能に陥った。MP5を構えた機動隊員が雪崩れ込んでくる。

ユーリは顔を上げて周囲を見回す。

機関銃を乱射するブリガーダをバンシーとフィアボルグが片っ端から掃討している。バンシーはショットガンで、フィアボルグはアンチマテリアル・ライフルで。機動隊が果敢に攻め入る。両目を押さえて泣き喚くデルガド。悲鳴を上げて逃げ惑うセドラン。機動隊員に組み伏せられるクレアンガとアーザム。グロックで応戦していたブラギンが血を噴いて倒れる。

バララーエフはどこだ――どこにもいない――奴は――奴はどこだ――

「奴はこっちだ」

広東語が聞こえた。壁際に積み上げられたドラム缶の側で闞《クワン》が手を振っている。

どうして闞が――考えを巡らす暇もなく走り出す。銃声と怒号の轟き渡る中、闞はドラム缶の向こうに消えた。

頭を低くして銃弾の飛び交う地下室を移動する。ドラム缶の裏に回ると、床に排水溝のような小さな穴があった。人一人がやっと通れる程度の大きさしかない。中を覗き込むと、鉄梯子を降りていく闞の頭が見えた。

ソコリニキの廃墟を、より強烈に、より鮮明に想起する。隠された地下室の凄惨な血痕。不吉な連想を振り払い、思いきって闞の後に続いた。地下の地下へ。闇の底へ。隠された忌まわしいもの。その核心へと一歩一歩下降するように。

9

暗く狭い縦穴は六メートルほどで尽き、太いダクトやパイプの通る保守点検用の通路に出た。

闞はどこに行った――バララーエフは――

焦りつつ周囲を見回す。一〇メートルほど先にまた同様の下降口があった。闞の頭部がちょうど穴に消えるところだった。ユーリもまた急いで後を追う。

その先は薄暗い照明の灯された空間だった。梯子の最後の段にぶら下がり、両手を放して慎重に着地する。水の流れるトンネル。下水溝か。小型ボートが三艘停泊している。潮の香り。地下の水路だ。

先頭のボートでは闞の手下二人が舫《もや》いのロープを手早く外しているところだった。闞はその後部席に乗り込んでいる。

ユーリは走り寄って広東語で怒鳴る。

「待て、なんだこれは」

闞は水路の先を指差して、

「バララーエフはここから逃げた」

驚いて闞の示した方を見る。前方の闇の奥から、確かに高速の船が遠ざかっていく残響が伝わってくる。

後から造れる規模の水路ではない。このホテルはもともとカジノだ。特区であっても非合法な賭場を開帳することを想定し、客や関係者を逃がすため設計段階から密かに設けられた脱出路に違いない。

後部座席の闕《クワン》は席を空けるように横に詰める。躊躇するユーリに闕は言った。

「どうした、奴を追っているんじゃないのか」

ユーリは覚悟を決めてボートに飛び乗った。同時に闕の部下がボートを発進させる。

「貴様は一体何者だ」

「おまえらの知っている通りの男だ」

「和義幇《フーイーバン》ということか。それともフォン・コーポレーションということか」

その問いに闕は答えなかった。代わりに彼はこう言った。

「ロシアはバラーエフを始末したがっている」

「なんだって」

「バラーエフはロシアの悪事の生き証人だ。連中は奴の持つ情報が明るみに出るのが嫌だとさ」

「貴様はどうして……」

「隠したがる連中もいれば、明かしたがる連中もいるということだ」

そして闕は吐き出すように、

「何が〈支配人〉だ。気取りやがって。ああいう役人上がりは俺の国にも大勢いる。奴をブチ込むためなら喜んで力を貸す」

信じていいのかどうか判断できない。相手は中国人犯罪組織の大幹部だ。

「勘違いするな。手伝うのはおまえのためじゃない」

言われなくても分かっている。そんな甘さは黒社会には存在しない。

ボートは地下水路の闇を抜けて、さらに広大な闇に出た。閖上港だ。

闞の部下がボートの速度を上げる。見かけは平凡な古いボートだが、エンジンは強力だった。

前方に遠ざかる小さい船影。ともすれば雪と闇とに呑まれて波濤《はとう》のまにまに消えかかる。向こうも相当な高速だ。ホテルを包囲した警察は海への脱出路にはおそらく気づいていない。ここでバラーエフを見失ったらお終いだ。

食い入るように前方を見つめるユーリの頬を、烈風に乗った雪が裂く。

「おまえ、抜け穴に入るところを見られたな」

「なに」

「見ろ、追ってきたぞ。隠したがっている連中の手先だ」

振り返ると闞の言う通り、追ってくるボートの舳先が見えた。停泊していた残りのボートだ。乗っている者の顔までは分からない。

「おまえは厄介な影を連れているな」

闞《クワン》のその呟きは、最初何かの諧謔《かいぎゃく》のように聞こえた。意味が分からない。ユーリの鈍い反応に、闞は苦笑して言葉を重ねた。

「〈影《ティエーニ》〉はロシアのスパイだ」

「ゾロトフが工作員ですって？」

閑上港を目指して飛行する警視庁航空隊ヘリAW－139の機内で、沖津は我にもなく聞き返していた。

機内交話用ヘッドセットを通して沖津の声を聞いたダムチェンコは、

「当時売り出し中のヴォルだったゾロトフは、シロヴィキからシェルビンカ貿易の〈事後処理〉を請け負った。ミカチューラ殺しだ。この仕事をきっかけに奴はミカチューラやジグーリンに取って代わり、モスクワ随一の武器密売大手に成り上がったわけだが、シロヴィキとの関係は途絶えてはいなかった。その後もずっと続いていたのだ。それも最上級機密として」

シロヴィキとはKGB、FSB、MVDなどロシアの治安、国防関係省庁職員及びその出身者からなる政治勢力母体である。彼らは国の内外に多くの〈協力者〉を擁し、数々の特殊工作を行なっている。ヴォルとシロヴィキがつながっていること自体はさして珍しくもないが、ゾロトフはクレムリンが最も信頼する秘密の協力者となったのだ。

ヴォルとして裏社会に君臨しながら、そこで得られた情報を政府に流す。その見返りとして裏の事業に便宜を図ってもらう。また時には政府の密命を受け、裏社会の顔を利用して任務を遂行する。今回の入札のように。

「〈支配人〉がルイナクに出品する新型機にはロシアも大きな関心を寄せていた。だがバラーエフの居場所や新型機の隠匿場所まではどうしても突き止められなかった。そこでゾロトフに密命が下った」

「ルイナクの入札に参加して新型機を落札せよ、あるいは新型機の情報を奪取せよ——ということですね」

「命令がなくとも、一武器商人としてゾロトフは大いにそそられたことだろう。また命令はもう一つあったに違いない。万一バラーエフが日本の司直の手に落ちるような事態が懸念される場合は、なんとしてもこれを阻止すること。すなわちバラーエフの抹殺だ」

そこでダムチェンコは恥じるように、また悔いるように目を伏せた。彼もまたシェルビンカ貿易の〈事後処理〉に荷担し、オズノフ警部に殺人の汚名を着せた一人である。

沖津はようやく腑に落ちたという表情で、ヘッドセットのマイクに言った。

「逆に中国はバララーエフを逮捕させたがっているのですね。それでフォンを通じて闞《クワン》を送り込んだ」

中国とロシアの間には天然ガスの輸出を巡る激しい対立がある。ロシアの半国営天然ガス独占企業ガスプロムは、中国の国営石油大手CNPC（中国石油天然瓦斯集団公司）に天然ガスを供給する契約を交わす予定であったが、価格面で折り合いがつかず、最終的に決裂した。経済的に天然資源の輸出に依存せざるを得ないロシアと、中央アジアなどから低価格のガスを仕入れてロシアを牽制しつつも国内ガス需要の急激な増加に焦る中国。両国の間では数年にわたって深刻な確執が続いている。

バララーエフは天然ガスを巡る不正疑惑にも関与していた。エネルギー外交に関するロシアの失点は中国にとっては望ましい。無論中国は新型機甲兵装についても興味津々であったのだろうが。

「沖津部長、あなたは以前シェルビンカ貿易について調べていましたね」

「はい。今も調べています」

ダムチェンコの問いに沖津ははっきりと答えた。

「シェルビンカ貿易が当時の秘密財源の一つだったことまでは分かっています」

「その通りです。無法地帯となっているチェチェン経由で武器を動かせば足も付きにくいし、関税さえ払わずに済む。なんの変哲もない、と言うと非常識に聞こえるだろうが、クレムリンではごく当たり前の手法だ。そのシェルビンカ貿易の扱った武器が、ストロギノで使われた」

「ストロギノ……」

一瞬怪訝そうに呟いた沖津が、すぐにはっとして相手を見る。

「市民ホールのテロですか」

乱気流に機体が大きく揺れた。機外は夜の黒と雪の白。猛り狂う風の唸りがローターの回転音を消している。

「間には他の業者が入っているが、関わったすべての者の罪は消えない。普通なら誰の手を経た武器か、直接の出所以前まで遡《さかのぼ》って調べられることはないが、ミカチューラはそれを示す証拠を持っていた」

「それがミカチューラ暗殺の理由ですね」

「ご存じの通り、バララーエフの計画に乗った私はユーリとレスニクを囮としてミカチューラに接触させた。ミカチューラは二人の正体に気づいていなかったが、一方で政治的潮流が自分の排除に動いていることだけは察知していた。そこでミカチューラはシェルビンカ貿易とストロギノの虐殺を関連づける証拠の存在を明かした。いち早く状況を察したバララーエフは、自ら立案した捜査を放棄したばかりか、捜査の痕跡すら消しにかかった。ユーリとレスニクは問題の証拠を目撃していた。二人は自分達が見たものの意味さえ知らなかったが、たとえ目撃していなくても二人の運命は変わらなかっただろう。ゾロトフは二人の殺害命令も受けていたが、なぜかユーリだけを見逃した」

沖津は声もなかった。ヘリを叩く上空の風より苛烈で無慈悲な話であった。

「ロシアの体制に固有の論理を理解してもらえるだろうか。私の取るべき道は一つしかなかった。それはまた私の長年の信念でもあった」

しばし考える——確かに一つしかない。

「今回の入札で、ゾロトフがユーリを相棒に選んだと知ったときはさすがに驚いた。かつてゾロトフはユーリの命を自ら狙い、自ら助けた。長年警察にいる自分にも理解不能の行動だ」

じっと聞いていた沖津は、ため息を漏らすように言った。

「影なのでしょう、その通り名《クリークハ》の如く。ゾロトフはずっとユーリの影だった」

背後のボートが速度を上げて追いついてきた。乗っている者のシルエットが貼り付く雪で露わとなった。だがやはり顔までは分からない。

「今さら驚くことでもないだろう」

声を失っているユーリに闞《クワン》が言った。彼は日本警察よりも事情に通じているようだ。

「ゾロトフがバララーエフを消そうとしていると言うのか」

「ああ。最初からそう命じられていたんだろう。咄嗟の判断でバララーエフを殺《や》る気になったってのもあり得るがな。なにしろ見ているだけで虫酸《むしず》の走る野郎だ。俺だって殺りたくなる」

「すると奴は〈支配人〉の正体がバララーエフだと知っていたのか」

「たぶんな」

「じゃあ奴が俺と組んだのはどういうわけだ」

「知るか」

闞が本来の素っ気なさを見せた。

「本気でおまえを相棒にしたかったのかもしれない。どっちにしても俺には関係のないことだ」

相棒。かつて自分にそう言ってくれたのはレスニクだ。ゾロトフは彼を殺し、今自分を相棒と呼んでいる。

――俺は頼りになる相棒を探してたんだ。違うな、おまえが俺を探してたんだ。すべてはこうなる運命だったのさ。

「確かさっきは貴様も俺にとんでもない大金を賭けていたな。あれはなんだ」

「博打というのはそういうものだ。違うか」

「それにしたって額が桁外れだった」

「黄《ファン》が昔おまえを使っていたという話を思い出しただけだ」

黄。思いがけない名前が出た。枯れ木のように痩せた老人。ジャンパーの背を丸め、歯の抜けた口で笑っていた。

「〈海《ハイ》〉の黄か」

「そうだ」

「あの爺さんを知っているのか」

「会ったことはない。サハリン周辺の組織で一番抜け目のない老把《ラオバアシ》（玄人）だと聞いた。そんなじじいの使っていた男なら逆転の目もあると踏んだまでだ。結局勝負は流れたがな。第一戦の配当もこうなっては回収不能だ」

一旦沖に出たバララーエフのボートは、進路を北東に取って逃走を続ける。闞《クワン》の部下も同じく北東に舵を切った。

「大哥《ターコオ》（兄貴）！」

前席の部下が闇を振り返って背後を指差した。

ゾロトフのボートの後方から波を蹴立てて追ってくる別のボートが見える。

カジノの脱出口には確かにもう一艘ボートが残っていた。だがこの上さらに一体誰が追ってきたというのか。

午後十一時。渡会課長率いる組対の面々と同行した城木理事官は閑上の現場に到着した。新木場から出発した夏川、由起谷らも前後して到着している。「突入成功」の第一報はすでに受け取っていたが、その時点で詳細までは分からなかった。沖津部長はヘリでこちらに急行中であるという。霞が関から新木場に戻った宮近理事官は、沖津に変わって省庁間の調整に追われている。

県警によって封鎖された現場ホテル周辺は混乱の極にあった。

逮捕された大勢の外国人が大型の警察車輛に押し込められる。フランシス・セドラン、ディヌ・クレアンガ、ムハンマド・アリー・アーザム、ホセ・デルガドら大物ブローカーはすでに岩沼署に送致されている。抵抗し射殺された者も多数。拳銃、機関銃、機甲兵装など押収された武器は数えきれない。まさに宮城県警創設以来の一大検挙であった。それだけに連絡ミスや行き違い等、大小のトラブルも数多く発生していたが、これまでの鬱屈が爆発したような県警の意欲と興奮が感じられた。

現場に入った城木らは、制服警官でごった返すロビーを抜け、出迎えた生島刑事部長、堺組対局長、平松警備部長ら県警幹部の案内でホテル地下へと降りた。

寒々としたコンクリートの空間に、コクピットを開放した状態のバーバヤーガと、被弾した細身の機甲兵装——キキモラか——が佇立している。そして哨戒に当たっているフィアボルグとバンシー。無残に潰れた機甲兵装の残骸とあちこちに転がったままの死体。

「詳しい聴取はこれからですが、どうやらここで機甲兵装のデスマッチが行なわれていたようです」

生島にそう教えられ、城木は総毛立つ思いがした。

新型機のデモンストレーションとはこのことか——

たとえ模擬戦であっても機甲兵装同士で戦えば死はほとんど免れ得ない。外国人バイヤーの欲得ずくの視線に晒されて死ぬまで戦わされる。恐ろしい退廃だ。カジノ特区とは言え日本国内でそのような非人道的行為が行なわれたとは。

「ナメられてるとは思っていたが、ここまでとはな」

憤怒の目で会場を見渡していた渡会は、ドスの利いただみ声で背後の部下達に厳命した。

「現場を頭に入れたら、おまえらは岩沼署で聴取に当たれ。いいか、相手は世界で一番汚い雑巾だ、ねじ切ってやるくらいのつもりで絞り上げろ」

「ウスッ」

森本をはじめとする捜査員達が気合いも充分に頷いて、勇躍散開していく。

城木はもどかしげに生島を振り返り、最も気がかりであったことを尋ねた。

「ウチのオズノフ警部は。潜入していたロシア人の捜査員です。無事なんですか」

生島が困ったような顔をした。

「それが、現状で未確認です」

「未確認？　どういうことですか」

「それらしい人物はまだ確認されていません。逮捕者の中にも死体の中にもいませんでした。こっちもホテル中を捜索している真っ最中なんですが、どこへ行ったのか、今のところは未確認であるとしか……」

城木と渡会は互いに顔を見合わせた。

「抜け穴だと」

飛行中の警視庁ヘリＡＷ－１３９に沖津宛てで入った通信。現場指揮に先行させた城木理事官からだった。

ヘッドセットのスピーカーから城木の動揺が伝わってくる。

〈会場は完全に封鎖していたのですが、床に排水口のような小さな穴がありました。一見本物の排水口に見えます。県警も本物だと思ったようです。オズノフ警部は逃亡したバララーエフを追っていったものと思われます。抜け穴は地下水路につながっていました。そこから海に出たに違いありません。県警も海はノーマークでした〉

ダムチェンコはじっと沖津を見つめている。

〈オズノフ警部とバララーエフだけではありません。会場にはゾロトフも闞《クワン》もいませんでした。渡会課長は例の但馬という元警察官もいないと言ってます。それに仲間の吉岡と熊谷も〉

ゾロトフの目的はバララーエフの暗殺。闞の目的は暗殺の阻止。では但馬修三の目的は――

〈水路の幅の細さから脱出に使用されたのは小型ボートと推測されます。何艘用意されていたかは不明。少なくとも現在は一艘も残っていません。宮城県警航空隊のヘリが上空で哨戒行動を取っていましたが、海までは監視しておらず、逃亡する船舶にも気づかなかったとのことです〉

素早く頭を巡らせる。小型ボートなら航続距離に限界がある。国外脱出は不可能だ。近くにセーフハウスがあるか、途中で大型船舶に拾ってもらうか。

城木を落ち着かせるように、沖津は冷静な声で指示を下す。

「県警ヘリは閖上港沿岸部を中心にボートの捜索。また海保（海上保安庁）の二管（第二管区海上保安本部）に連絡、周辺海域の捜索と不審船舶の臨検を要請」

特区の性質上、現場海域は日本の法執行機関にとってあまり手を触れたくない領域に属する。しかも事案の秘匿性の高さから海保には本オペレーションの窓口が設定されていない。海保の初動が鈍いものとなることも予想された。

時刻は十一時三十分を過ぎていた。


雪がやんだ。空はつい今までの荒れ模様など忘れた如く、ちぎれ雲を数片浮かべただけの別の顔を見せていた。静寂の空に冴える月。海は寒々とした月光を映して一見白い砂丘のようだった。先を往くバララーエフのボートとの差は一向に縮まらない。追ってくる二艘との距離も。

だが異様なまでに明るい月の光は、追手の姿をおぼろげながら夜の波間に浮かび上がらせていた。

すぐ後ろのボートはやはりゾロトフとガムザ。

さすがに最後の追手までは分からない。見当はつく。四番目のボートに乗っているのはおそらく但馬だ。

闞《クワン》もそう推測したようだった。

「連中に心当たりでもあるのか」

闞が訊いてくる。

「いいや」

「奴らが誰を追っているのか知らないが、目障りな蟑螂《チャンラン》（ゴキブリ）がついてきたな」

言われるまでもなく、厄介な状況がさらに厄介なものとなることが予想できた。元警官らしい男達のグループ。やはりただのバイヤーではなかった。彼らの目的は一体何か。

石巻湾を横断するバララーエフのボートの前方に、やがて黒々とした陸地の影が見えてきた。

「……牡鹿半島だな」

ボートに積んであった付近の海図を、同じく備品の懐中電灯で照らしながら繰っていた闞が呟いた。

「奴の目的地はあそこか」

陸影は次第に黒く大きく近づいてくる。バララーエフのボートは入江に入った。海図の表記によれば七崎浜《ななさきはま》。周辺は複雑に入り組んだ岩場ばかりで、船の着けられそうな場所は入江の奥の七崎浜港以外にない。

港のあたりで螢のように白い光が回転した。誰かが懐中電灯を持って迎えに来ているのだ。バラーエフは当然携帯端末を持っていただろう。ボートの中から連絡したに違いない。基地局などの通信インフラは機能しているようだ。

七崎浜はごく小さな漁港だった。接岸したバラーエフのボートに駆け寄った数人の男達が彼を引っ張り上げ、走り去った。後に残った二人の男が港からこちらに向けて短機関銃を掃射する。

ボートの舳先に被弾。關の部下は舵を切って銃撃を避け、栈橋の陰にボートを着けた。追ってきた後ろの二艘は、左右に分かれて港を迂回している。

「丁《ティン》、張《チャン》」

關の指図で、二人の部下が栈橋によじ登って素早く移動する。敵の銃撃をかい潜り、二人は陸に打ち揚げられた漁船の残骸の陰に飛び込んだ。

ユーリと關はボートからじっと様子を窺う。

「待っていろ。奴らがすぐに片づけてくれる」

平然と言う關《クワン》に、

「あの二人も丸腰だろう。そう簡単にいくのか」

「心配するな。こういうときのために連れてきたんだ」

丁《ティン》と張《チャン》を見失って走り寄ってきた二人の男が、廃船の周囲に向けてH&K UMPを乱射する。

突然、一人の首に暗闇から飛来したロープが引っ掛けられた。港に放置されていた古い舫い綱だった。男の体が凄まじい勢いで引き倒されると同時に、頸骨の折れる音がした。驚いて振り返ったもう一人の男の背後に、闇から滲み出るように丁が現れた。後ろから男の顎に両手を掛けて無造作に捻る。男は首をあり得ない角度に向けて崩れ落ちた。闞の言った通り、二人は一流の腕前だった。おそらくは殺人を専業とする男達。斃《たお》した相手の武器を取り上げた丁と張が手招きする。

ボートから飛び出した闞とユーリは、すぐさまバララーエフ達の後を追った。港のすぐ側に迫る裏山の黒い山腹から、直登していく懐中電灯の光が見えていた。振り返ると、沖合で様子を見ていたらしいゾロトフらのボートが港に接近してくるところだった。

遮るもののない清澄な月明かりの下、打ち寄せる波の音を背中に聞きながら急勾配の山道を走る。ごく細い私道のようだった。新雪の上にバララーエフ達の足跡がはっきりと残っている。左右の雑木林からは伸び放題に伸びた枝先が道へとはみ出していた。雪を被った枝先が時折頬を引っ掻いた。そのわりに道そのものは新しく整備されたものらしかったが、傾斜がきつく、少しでも気を抜くと雪と氷でたちまち滑りそうになった。

息を切らせて山中の坂道を登りきった途端、豁然《かつぜん》と道が開けた。整地された丘の上に、高いフェンスで仕切られた建造物があった。個人の邸宅のようだった。モダンな二階建てでかなり大きい。

なんだ、これは――

被災地にはまるで場違いな外観で、違和感と異質感の塊とも見えた。足跡はフェンスに沿って建物の正面側へと続いている。ユーリ達もその跡を追って移動した。

高低差のある敷地は相当に広い。フェンスの中は直接には見えないが、邸宅とは別に倉庫のような建物の一部も覗いている。所々に照明も点いていた。どういう場所なのか見当もつかなかった。

やがて大型車も出入りできるようなゲートに出た。大きな門柱の陰から様子を窺うと、建物の前に停まっているランドクルーザーが見えた。中庭を挟んで右手に倉庫がある。

突然銃声がした。短機関銃の弾着が爪先のわずか数センチ前を走り抜ける。ユーリ達は慌てて門柱を盾にするように身を隠した。撃ってきているのは二階の窓だ。相手はこちらを待ち構えていたのだ。

闞《クワン》は二人の部下に目配せする。頷いた二人は、素早く左右に別れて背後の雑木林へと消えた。

「俺達はしばらくここでツラを晒して囮の役だ」

そう言って飛び出すふりをした闞は、短機関銃の掃射を誘い大仰に身を引っ込める。

部下の二人をよほど信頼しているのか、闞の余裕に変化はない。しかしユーリには自分達の状況は余裕からほど遠いものに思えた。

さらに気がかりなこともある。ユーリはもと来た方を振り返った。バララーエフ一味と自分達の足跡があるのみで、新たな人影がやってくる気配はない。

追ってきたはずのゾロトフ達はどこに行った――


午後十一時五十二分。警視庁のヘリが閖上港に着陸。

県警パトカーの先導で現場入りした沖津特捜部長は、眼光の鋭い大柄な白人男性を伴っていた。

静かな佇まいからも窺える風格と威圧感。名前も身分も知らないが、彼が何者であるか、由起谷と夏川らには一目で分かった。間違いない――筋金入りの刑事だ。

連れの人物を沖津は「ロシア警察犯罪捜査総局のダムチェンコ副局長だ」とだけ紹介し

た。

　ロシア警察の幹部がどうして現場に——

　城木と渡会は不審そうな顔を見せたが、オペレーションの経緯を知らない生島らはロシアン・マフィア絡みの捜査協力だろうと推測したらしく気にとめる様子もなかった。そもそも県警側は混乱する現場の対応で手一杯である。

　城木が上司に状況を報告する。

「オズノフ警部、バララーエフ、ゾロトフ、闞、それに但馬らの行方は依然不明。逃走中と思われるボートの所在もまだ発見されていません。副支配人のブラギンは死亡。ルイナクのバイヤーとロシアン・マフィア構成員を多数逮捕するも、バララーエフの逃亡先について供述した者はおらず。合同本部の捜査員が岩沼署で逮捕者の取り調べに当たっています」

　地下の会場を見回しながら城木の報告を聞いていた沖津は、開放されたキキモラのコクピットを脚立の上から覗いている鈴石主任に声をかけた。

「それが『キキモラ』か」

「そのようです」

　防臭マスクをした鈴石主任が強張った表情で振り返る。吐き気を必死にこらえているのが傍目にも分かった。背後のコクピット内部は搭乗者の肉片と血液で一面真っ赤に染まっている。大口径のアンチマテリアル・ライフルで近距離から撃たれたのだから中の人体は当然原形を保っていない。

「龍機兵なのか」

「違うと思います。マスター・スレイブ方式を製品化できるまで突きつめた機体のようですが、ラボに持ち帰って調べてみないとはっきりしたことは言えません」

警察官がひっきりなしに出入りする現場を、ダムチェンコ副局長は冷徹な青い目で見渡している。やはり刑事の目だと由起谷らは思った。

間断なく続いていた邸宅からの銃撃が不意にやんだ。

「大哥《ターコオ》」

關《クワン》を呼ぶ声に門柱の陰から顔を出すと、二階の窓から丁《ティン》が手を振っていた。

ユーリは關とともに飛び出して玄関から中に入る。各所に間接照明が灯されていた。外観と同じく内装もモダンで、広い吹き抜けのホールの奥に大きな階段があった。その前に男が倒れている。首が背中の方を向いていた。

ユーリと關は死体を飛び越して階段を駆け上がった。途中の踊り場にもう一つの死体。

やはり首が異様な方向にねじ曲げられている。恐るべき殺人技術だった。

二階に上がると、さらに二つの死体が転がっていた。玄関の方向の一室から張《チャン》の声がした。

「こっちです」

吹き抜けのホールを臨むように配された廊下を走る。

そこはビリヤード台や洒落たデザインの家具が配された広い部屋で、丁と張に挟まれたバララーエフが真っ青になってうずくまっていた。窓際には射殺された二人の男。こちらを銃撃していた男達だ。丁と張の手にしているグロックは、階段で死んでいた男達から奪ったものだろう。

「私に触れるな。取引の用意がある」

虚勢を張りつつ立ち上がったバララーエフを、闞が平手で張り飛ばした。元官僚の〈支配人〉は張り子のように床に倒れた。

ユーリはバララーエフの胸倉をつかんで引き起こした。

「ここはなんだ」

ロシア語で訊いたが、バララーエフはふて腐れたように答えない。

窓際の死体の手からH&K UMPをもぎ取った闞《クワン》が、無言で銃口をバララーエフに突きつける。

「商品の一時保管庫だ」

バララーエフは慌てて答えた。

「商品だと」

なにしろここはルイナクだ――会場で彼はそう得意げに言っていた。

「機甲兵装か」

「ああ。機甲兵装のディーラーオプションも豊富に用意した。ウチはサービス第一だからな。それにアサルトライフル、ショットガン、まだあるぞ、グレネードランチャーにロングレンジ・スナイパーライフル」

開き直った饒舌を妨げるように尋問する。

「手下は。ここには何人いた」

「そこの二人、それに港に残してきた二人を入れて八人だ」

それが本当なら全員すでに死んでいる。ユーリはバララーエフの上着を探り、内ポケットから携帯端末を取り出した。相手を突き放して沖津の携帯番号を入力し、発信する。

〈沖津だ〉

つながった。

「オズノフです。マルヂ確保しました。バララーエフです。現在位置は牡鹿半島七崎浜東部の山中。別荘か保養所風の大きな建物です。機甲兵装他の武器が多数隠匿されている模様。闞も自分と一緒にいます」

早口の日本語でユーリが報告している最中、ドアに駆け寄った張《チャン》が叫んだ。

「誰か来ます」

散弾でドアの枠が爆発したように砕け散った。部屋の内側から、張がグロックで応戦する。

ユーリは通話中だった携帯をやむなくスラックスのポケットにしまい、もう一つの死体の手からUMPをつかんだ。

死体から携帯端末を奪っていた闞もUMPを構えてドアに駆け寄る。

階段に通じる廊下の奥から二人の男が撃ってきている。白人ではない。但馬と部下の一人だ。

もう一人の部下は、それにゾロトフとガムザは――

但馬と部下がイズマッシュ・サイガ12を連射する。セミオートのロシア製ショットガンだ。

「奴ら、先に武器庫の方に回りやがったな」

UMPで応戦しながら闞《クワン》が呻いた。

グロックを連射していた張《チャン》が、右肩と胸に散弾を受け、鮮血を噴いて絶命した。

その隙にバラーエフが一人逃げ出そうとする。ユーリは振り返って銃口を向け怒鳴りつけた。

「死にたくなければそこを動くな」

オズノフ警部からの突然の連絡。だが現在位置を告げたのみで通話は銃声とともに途切れた。合同本部と県警幹部の面々に緊張と興奮が走った。

「あんなところに……」

県警の幹部達が一様に声を上げる。

沖津はすぐさま携帯をかけ直したが、呼び出し音が続くばかりで二度とつながらなかった。

各所に問い合わせていた生島が携帯を切って叫んだ。

「連絡のあった場所は『アルマース』なる会社の所有する物件と思われます」

ロシア系民間企業の関連施設だという。通報で示された地域には他に該当する建造物はない。また周辺の広大な山林の大部分が買い取られ、複数の外国企業名義の私有地となっていることも判明した。しかし名義人である企業の実態や地所の使用目的など、その現状はすぐには分からなかった。それどころか、地元の土地が外国人に買い取られていることを知る者はほとんどいなかった。

日本の山林が中国をはじめとする外国に密かに買い取られているという事例は以前から頻発している。ほとんどが人の入らない、従って買い手もつかない無価値な裏山なので、誰も気に留めぬうちに売買は進行する。その中には日本人犯罪者グループによる詐欺事案も相当数含まれているという。かねてより問題視されていたが、震災の被災地である牡鹿半島でも外国人による土地の買い占めが進んでいたとは。牡鹿半島の漁業も震災で大打撃を受け、地元の人々は今も多大な苦しみを強いられている。ロシアン・マフィアはそんな被災地を武器の保管場所にしていたのだ。しかも機甲兵装まで隠匿されているらしい。

石巻署と連絡を取った平松が一同に向かい、

「七崎浜周辺にあった集落は、今は全部廃村となっていて、駐在所も閉鎖されたままだそうです。石巻署からパトカーが出ました。私も機動隊を率いて現場に向かいますが、ここから七崎浜までは早くても二時間はかかります」

沖津はすぐさま決断した。

「フィアボルグとバンシーを仙台空港まで搬送、ヘリで現場に輸送する。バーゲストもだ。

我々もヘリで現場へ急行する。城木理事官は宮城本部で調整に当たってくれ」

各自が即座に行動を開始する。日付はすでに変わって二月二十八日午前〇時五十七分。姿警部のフィアボルグとラードナー警部のバンシーは、ホテルを出て県警トラックの荷台に直接上がり込んだ。鈴石主任もトラックの助手席に同乗して仙台空港に向かう。そこでは龍機兵を運んできた警視庁の大型輸送ヘリが給油中である。

沖津、渡会、由起谷、夏川、それにダムチェンコは閖上港で待機していたヘリに乗り込む。沖津の乗ってきたAW－139である。同機はすぐに牡鹿半島目指して飛び立った。県警のヘリも機首を沖津らと同じ方向に巡らせた。


ショットガンを撃ちながら但馬と部下はじりじりと廊下を前進してくる。倉庫から弾を豊富に持ち出したようだ。室内の死体も予備弾倉を持っていたが、その数には限度がある。

スラックスのポケットで携帯が何度か鳴ったが、ユーリに応答する余裕はない。

散弾の雨に晒されてユーリ達の立て籠もる部屋のドアの蝶番《ちょうつがい》が完全に消し飛んだ。丁《ティン》は孔だらけのドアを外に蹴り飛ばすと同時に、上半身を廊下に突き出してグロックを撃った。

前にいた但馬の部下が喉を撃ち抜かれて倒れる。

突然――ユーリ達の部屋の床と壁に、いくつもの大きな孔が穿たれた。丁の体が一瞬で赤い煙となって消えた。

バララーエフが悲鳴を上げる。

床に、壁に、天井に――轟くような銃声とともに次々と穿たれる孔。見る見るうちに部屋中が孔だらけになっていく。アンチマテリアル・ライフルによる狙撃だった。

窓の外に機甲兵装の機影。キキモラだ。アダプターでマニピュレーターに固定したゲパードM4の銃口を向けている。リコイル（発射時反動）を軽減するためバレル先端に取り付けられたマズルブレーキ（銃口制退器）、オプティカル・スコープ、バレル・ジャケット先端部のバイポッド（二脚）、ショルダー・ストック下面のモノポッド（単脚）など、機甲兵装には不要なはずの部品がすべて付属した状態である。倉庫にあった武器の中からそのまま持ってきたのだ。

シャッターの開かれた倉庫の内側からさらに二機のキキモラが現われる。合計三機。搭乗者は追手の残り三人だろう。ゾロトフ、ガムザ、それに但馬のもう一人の部下だ。

ユーリは確信した――理由は知らないが、但馬の目的もやはりバララーエフの抹殺だ。図らずも七崎浜で合流したゾロトフと但馬は、互いの共通する目的を察して急遽手を組んだに違いない。二人がもともと協力関係にあったとは考えにくい。警察関係者らしい但馬とゾロトフとの間に接点があれば、徹底した予備調査の段階で引っ掛かったはずだ。

やはりキキモラは龍機兵ではない。龍機兵は機体の龍骨と搭乗者の龍髭とが完全一対一対応となっている。起動のキーとなる龍髭を持たない者がいきなり乗り込んで操縦できるものではない。しかし完全マスター・スレイブ方式の機体なら、起動と装着さえできれば未経験者でもすぐに動かすことは可能である。ましてやガムザは機甲兵装の操縦に熟練した元軍人だ。その腕前は茨城のヤードでまのあたりにしている。ゾロトフと但馬の部下の技量は分からないが、あえてキキモラという装備を選択したということは、少なくとも第二種操縦の経験があるのだろう。

後から出てきた二機のうち一機は、右マニピュレーターのゲパードM4だけでなく、左マニピュレーターに見たこともない装備を把持していた。バララーエフの言った〈ディーラーオプション〉か。一瞥しただけではどういう装備なのか見当もつかなかった。

大砲のようなゲパードM4が轟然と火を噴いた。同時に室内の壁と天井に大穴が開く。

ユーリと闞《クワン》は腰を抜かしているバララーエフを左右から抱え、ドアから外を窺う。但馬はいない。巻き添えにならないよう一足先に避難したのだ。急いで廊下に出て階段に向かう。家全体が突然地震のように揺れた。衝撃で転びそうになる。

正面玄関を突き破ってキキモラが入ってきたのだ。中二階の通路から吹き抜けのホールを悠然と進む巨体が見えた。

キキモラが振り返る。双方の視線が一瞬合った。こちらの目とキキモラの頭部センサーのカメラだ。キキモラがゲパードを向けた。轟音と銃火。それに衝撃波。廊下の壁に大きな弾痕が穿たれた。

すぐ横にあったドアから中に飛び込む。ルーフバルコニーに面した部屋だった。窓を開けてバルコニーに出る。その間も部屋全体を12・7㎜×107弾が薄紙を貫くように貫通している。壁に掛けられたアートの額も、モダンな照明器具も、たちまち無残に破砕される。

雪を被った二人掛けのデッキチェアを手すりの側に蹴り飛ばし、それを足がかりに身を乗り出す。

「嫌だ、やめろ」

怖がるバラーエフに有無を言わせず、三人一緒に手すりから身を躍らせた。

雪の上に着地。立ち上がって前方の木立に向かって走り出す。

その直後、左右から別の二機が建物を回り込んで現われた。木々をなぎ払いながら追ってくる。

二機の足取りはどこかぎこちなかった。まだサイズや力の加減といった、人体と機体との差違の感覚がつかめていないのだ。だが第二種の操縦経験がある者なら慣れるまでに時間はかからないだろう。

木立を抜けた先は灰色の壁で行き詰まっていた。敷地全体を囲むフェンスだった。やむなくフェンスに沿って進むと、施錠されたドアがあった。闞《クワン》がUMPで鍵を破壊し、ドアを蹴り開ける。外には雪に覆われた雑木林が広がっていた。三人はその中へと走り込んだ。

背後で金属が軋み潰れる音。三機のキキモラがフェンスを蹴破って猛然と追ってきた。ユーリと闞は振り返ってUMPを撃つ。まるで効果はない。すぐに弾が尽きた。UMPを捨て必死に走る。

突然足許が崩れた。川筋のような窪みに雪が吹き溜まっていたのだ。三人は雪の斜面をどこまでも転がり落ちていった。


パトカーに先導された宮城県警のトラック三台は、十分足らずで仙台空港のヘリポートに到着した。警視庁の大型輸送ヘリが後部貨物室のリアローディング・ランプを開けて待機している。トラックから飛び降りたフィアボルグとバンシーは、それぞれ腰を屈めてヘリの後部貨物室に直接乗り込み、両手で壁面の固定具をつかむ。バーゲストのコンテナは再びヘリに載積される。

三台のノートPCを詰め込んだバッグを抱えた緑は、東京から乗ってきたのと同じヘリに飛び乗った。バーゲストのコンテナを積んだ三号機だ。

午前一時十二分。三機の輸送ヘリは寒月の冴える夜空に舞い上がった。

10

《国道三九八号でスリップ事故による玉突き衝突が発生、大渋滞となっている模様》

牡鹿半島を目前にした沖津らのヘリに、宮城県警本部から連絡が入った。

《車輛による通行は不可能、石巻署のPC《ピーシー》（パトカー）も立ち往生の模様、復旧の目途《めど》は立っておらず》

全員が声もなく顔を見合わせる。固く小さいシートを通して間断なく伝わってくる機体の振動が、彼らの動揺に合わせて一際大きくなったようだった。

応援はまだ到着していないどころか、現場への道が塞がれている――

ここに来て、またしても想定外の事態だった。

沖津は瞑目するダムチェンコ副局長がロシア語で何か呟いたのに気がついた。ローター音にまぎれてよく聞き取れなかったが、その呟きのおおよその意味は分かった――「主は彼に対してどこまで無慈悲なのか」。

深い皺の刻まれたダムチェンコの横顔には、中世の宗教画に描かれる司祭のような厳粛な陰翳があった。

しばしの沈黙ののち、沖津は無線で航空隊の増援を近隣の各県警に依頼した。海上保安庁にも現場への巡視艇の派遣と特警隊（特別警備隊）の出動を要請。

「今ここにいる我々だけで動くしかない……見ろ」

沖津は機外を指差した。全員が眼下を見下ろす。ヘリは七崎浜上空に到着していた。

当該建造物はすぐに分かった。海に近い山中に一か所だけぽつんと開けた場所がある。周囲の山林はすべて私有地だ。上空からでなければその存在に気づく者はまずいないだろう。正面のゲートに続く私道は山を大きく回り込んで県道二号につながっているらしいが、新雪の上には車輌や人の通行した痕跡は残されていない。

ヘリはホバリングしながら搭載したサーチライトで建物を照らす。入口らしい部分が破壊され、全体に大きな孔がいくつも開いていた。戦闘が行なわれたらしい。雪の上に入り乱れる人間と機甲兵装の足跡。敷地を囲むフェンスが三か所踏み破られている。その先は黒々とした森。サーチライトで周辺を照らしてみたが何も発見できなかった。三メートルを優に超える機甲兵装であっても、脚部を縮めた屋内戦闘モードで森の中に隠れられると上空からの発見は難しい。

「地上から足跡を辿る」

沖津の判断でヘリは平坦な敷地内に新雪を巻き上げながら着陸した。県警のヘリは上空からの捜索と哨戒を続行する。

雪と泥、風と闇とが一緒になって旋回していた。全身に絶え間ない打撲と衝撃。木の根や岩にぶつかりながら雪の急斜面を滑り落ちたユーリは、雪の吹き溜まりに突っ込んで停止した。しばらく息もできなかった。呻きながら立ち上がる。体中のあちこちが悲鳴を上げているが、雪が緩衝材の役目を果たしてくれたせいか、骨折はしていない。

どれくらい滑落したのか見当もつかなかった。キキモラは追ってこない。この斜面ではさすがに降下できなかったようだ。滑落の寸前にヘリの飛行音を聞いたように思ったが、静寂の森に今は何も聞こえない。もしヘリが来ていたとしても、森の中の自分達を見つけ出すのは難しいだろう。

皓々《こうこう》と冴える月明かりを頼りに周囲を見回す。ところどころに断層のような亀裂が走っている。元々の地形なのか、それとも震災によるものなのか、判別はつかない。黒々とロを開ける絶壁から落下していたら命はなかった。ユーリは改めて慄然とした。

はっとしてスラックスのポケットに手を入れる。携帯はなくなっていた。どこかで雪に埋もれているのだ。捜しても見つかるまい。

五メートルほど離れたところに誰かが倒れていた。バララーエフだった。

闞《クワン》はどこにも見当たらない。

バララーエフに近寄って息を調べる。生きていた。

こんな奴のために——

故郷を失い、誇りを失い、挙句に最底辺の犯罪者にまで落ちぶれた。この卑劣な元官僚を、己の手で殺せるものなら。

だが自分には任務がある。それに縛られる自分はどこまで行ってもやはり犬だ。警察官だ。

爪先で蹴って叩き起こす。

「起きろ。すぐに移動するんだ」

意識を取り戻したバララーエフは、情けない声を上げた。

「駄目だ、動けない」

「動けなくても歩け」

「嫌だ」

「嫌ならいい。俺一人で逃げる。なにしろ奴らが狙っているのは貴様なんだからな」

渋々立ち上がったバララーエフを連れ、山林を港の方向へと下る。

濡れたYシャツにスラックス。軽装どころではない恰好のユーリに真冬の寒気が襲いかかってくる。動いていなければすぐに凍死するだろう。転落したときに靴が脱げなかったのは不幸中の幸いだ。息をするたびに気管が鋭く痛む。節々が強張って思うように動かない。体中の血が凍結したようだった。

過去にも似たような目に遭った。雪に埋もれたモスクワの夜を逃げ惑った。追放された犬はもはや猟犬の資格を失い、狩り立てられ、逃げ回るだけの哀れな獲物でしかないということか。

玄関部が大きく破壊された邸宅内には多数の死体が転がっていた。ほとんどは身許不明の外国人の死体で、オズノフ警部らのものはなかった。二階の廊下で発見された射殺死体の一つを、渡会は但馬の仲間である熊谷康晴元巡査部長と確認した。

県警に借りたスノーシューズを履いた夏川は、損壊した施設から外の山林に向かって続く足跡をマグライトで照らし、邸内の沖津に向かって叫んだ。

「足跡は三人です」

建物の側面を調べていた由起谷が声を上げる。

「こっちにも足跡があります」

発見された足跡は合計で四人分だった。一緒になって逃げているらしい三人の足跡と、それを追う別の足跡。一方で機甲兵装の足跡は三機分。

ホテルの会場で発見されなかったのはオズノフ、バララーエフ、ゾロトフ、ガムザ、闞《クワン》、但馬、吉岡、熊谷。そのうち熊谷の死体が邸内にある。

「オズノフ警部はマルヂを確保したと連絡してきた。逃げている三人のうち二人はオズノフ警部とバララーエフだな」

由起谷の言葉に夏川が応じた。

「じゃあもう一人は誰なんだ」

代わって沖津が答える。

「闞だ」

驚愕に全員が振り返った。一人、ダムチェンコを除いて。

「もしくは彼のグループの一人。闞は中国政府からの依頼で入札に参加したものと推測される。ロシアの国家犯罪を明らかにするのが中国の狙いだ」

夏川が唖然としたように、

「つまり、闞はバラーエフ逮捕に協力してるってことですか」

「そういうことになるな」

あまりに複雑な事態であった。一同の心境もまた同様に複雑である。これまで特捜部の手掛けてきた事案に二度にわたって登場し、捜査を攪乱してきた和義幇《フーイーバン》の大幹部が、オズノフ警部を助けているとは。

足跡を追いながら、沖津は手短にバラーエフを巡る水面下の交渉の経緯と自分の推理を語った。

「すると追っているのは……」

由起谷の質問に、沖津は考え込みながら、

「追手は機甲兵装の操縦者を含め四人。ロシアの密命を受けたゾロトフとその腹心のガムザ。残る二人は――」

そこで閃いたように声を上げた。

「但馬だ。それと仲間の吉岡」

但馬修三。〈敵〉の実動部隊であると沖津が断ずる元警官。

「この事案では〈敵〉は外務省と利害が一致しているんだ。彼らはバラーエフの逮捕を阻止したがっている。また一方で龍機兵の可能性もある新型機に強い関心を抱いていた。だから万一バラーエフが逮捕されそうな状況になったら彼を始末するというオペレーション込みで但馬のグループを送り込んだに違いない」

すべてがつながる。そしてすべてが仮説にすぎない。

沖津に何かを言おうとした渡会が、思い直したように口を閉じた。黙って相手の考えを聞く気になったらしい。依然として沖津に対する不信感を全身から発してはいるが、捜査に懸ける執念で自らの感情を抑え込んだのだ。

「もっともバラーエフの部下が〈支配人〉の奪還に動いているという線もあり得るが、現場の状況から推察するとその可能性は少ないと見ていいだろう」

沖津の明晰な論理と洞察力は、渡会も認めざるを得ないようだった。

フェンスの出口まで来たとき、背後からヘリの操縦士が大声で沖津を呼ぶ声が聞こえた。県警から通信が入っているらしい。やむなく沖津はヘリに引き返した。後の者は鍵の破壊されたドアから敷地外へと追跡を続行する。

真夜中を過ぎ、海に近い山中の冷気がひしひしと迫る中、由起谷、夏川を先頭に、渡会、そしてダムチェンコが続く。

雪に埋もれていた木の根に足を取られた由起谷が体勢を崩して倒れた。横にいた夏川が手を差し伸べる。

「大丈夫か」

「ああ」

　由起谷の白い顔は夜目にも雪より白かった。昨年受けた傷がまだ完治していないのだ。吐く息さえも凍るようなこの冷気が由起谷の体にこたえぬはずはない。

「無理するな。おまえはヘリに戻っていろ」

「大丈夫だって」

　夏川の手を振り払うように由起谷は先に立って歩き出した。彼の気性は夏川もよく知っている。誰よりも職務に忠実な男だった。気のせいか、ダムチェンコ副局長も頷いているように夏川は感じた。

　山林の中をしばらく進む。雪上の足跡は突然途切れていた。雪庇《せっぴ》に注意しながら覗き込むと、急斜面の森に崩落の跡があった。

　オズノフ警部達はここから滑落したのだ――

　最悪の想像に全員が凍りつく。

　マグライトの光では、崩れ落ちた斜面の先がどうなっているかは分からなかった。

　崩落跡を直接下るのはあまりに危険であった。追手の機甲兵装の足跡は森を大きく迂回する形で山裾を下降している。追跡を続行しているのだ。しかも左右二方向に分かれている。

「急げ」

夏川らも咄嗟に二手に分かれて後を追った。

右へ向かった夏川は、自分のすぐ後ろに続く渡会を視認し、携帯端末を取り出した。他の二人は左に行ったらしい。雪中を進みながら発信した夏川は、応答した沖津に、崩落の痕跡を発見したこと、自分は渡会課長と二人で追跡中であることなどを報告した。

仙台空港からの輸送ヘリ三機は沖津らに約二十分遅れて七崎浜上空に到着した。

各輸送ヘリへ沖津から入電。

〈被疑者機甲兵装が三機、現在もオズノフ警部を追跡中と思われる。一号機と三号機は現場の民間施設に着陸。ＰＤ１、ＰＤ３は降下後ただちに索敵を開始、発見次第制圧せよ〉

輸送ヘリは抗弾仕様ではない。被疑者が重火器を所持している可能性が高いため、ヘリごと狙撃される危険は避けねばならなかった。またアルマースの施設は、敷地自体は広いのだが大型の輸送ヘリが着陸できる平坦なスペースには限度がある。近くに着陸できそうな場所は港以外になかった。

〈二号機は七崎浜港に着陸して待機〉

先着している沖津のヘリの近くに、二機の輸送ヘリが指示通り着陸する。残る一機は旋回して港に引き返した。

一号機と三号機のリアローディング・ランプが開き、各後部貨物室からフィアボルグとバンシーが降り立った。

コートの襟元を押さえて立つ沖津が、指で近くの雪面を指差している。機甲兵装の足跡だった。

フィアボルグとバンシーはただちに追跡を開始した。

夏川らと別れた由起谷は、単身崩落跡の左側面を回り込むようにして追跡を続けた。耐え難い寒さと痛み。やはり普段と同じ体調というわけにはいかなかった。手術したあたりを中心に、体が軋むように痛んだ。雪の中に足を一歩踏み出すごとに、痛みが全身に広がっていくようだった。それでも必死にこらえて先を急いだ。地下のデスマッチを戦い抜いた上、確保したバララーエフを連れて逃げているオズノフ警部の疲労と苦痛は自分の比ではないはずだ。

雪を踏みながら所持する自動拳銃の装弾を確認する。官給のＳＩＧザウエルＰ２３０Ｊ

P。機甲兵装が先に追いついていたとしたら、通常の拳銃弾など大して役には立たないだろうが、それでもないよりはましだ。

携帯端末に着信。沖津からだった。雪中で息を弾ませながら応答する。

「由起谷です」

〈フィアボルグとバンシーが到着した。そちらに向かっている。状況は〉

「二手に分かれて追跡中です。こっちは一人です。まだ追いついていません」

携帯の向こうで沖津が一瞬黙ったような気配があった。

〈ダムチェンコはそこにいないのか〉

「えっ、夏川らと一緒じゃないんですか」

「なんですって」

沖津からの着信に応答した夏川は、携帯を耳に当てたまま雪の中で立ち止まった。

〈ダムチェンコ副局長が所在不明だ〉

「そんな、自分はてっきり……」

てっきり由起谷と一緒に行ったものと思い込んでいた。

だがそうでないのだとしたら——

携帯を握り締めて叫ぶ。

「きっと崩落の跡を直接下ったに違いありません」

自らの危険を顧みず、断崖に近い急斜面を単身下っていったのだ。

左右の膝に両手をつき、ぜいぜいと荒い息をついていた渡会も、赤黒い顔を上げて呆れたように怒鳴った。

「どうかしてる。ロシア警察の偉いさんなんだろう、あの人は。それがなんでそこまでするんだ」

夏川は携帯を切って先を急いだ。その通りだ。どうかしている。ダムチェンコ副局長とオズノフ警部との間には、それほどまでのつながりがあったのだ――

バララーエフを急き立て、機甲兵装では降下できない複雑な地形の岩場を選んで下る。

急峻な森の斜面を抜けると、見通しの利く広い雪原に出た。三〇メートルほど歩いてから、息の上がったバララーエフは雪の上に膝をついてしゃがみ込んだ。

東京やモスクワでは想像もできない月光が雪に燦然《さんぜん》と反射して、夜の底に明かりが灯っているようだった。

「もう駄目だ、これ以上走れない」

髪を振り乱したバララーエフは、涙と涎《よだれ》で顔中を濡らしていた。

「ユーリ・ミハイロヴィッチ、君には私を保護する義務がある。なあ、そうだろう」

「さあな。なにしろ俺は警察官になり損ねた野良犬だからな」

「皮肉はやめてくれ。君は忠実な警察官なんだろう。そうだ、私が見込んだ最も痩せた犬達の一人だ。私を放り出したりできるもんか」

かっとしてバララーエフを殴りつけた。恥ずかしいほど情けなく、それでいて高慢さの残る顔を。妙な悲鳴を上げて倒れた相手を引き起こしてさらに殴る。しかしそれくらいで積年の恨みが晴れるものでは到底ない。

「貴様はどれだけの人間の人生を狂わせたと思っているんだ。今の俺のざまを見ろ。殺されたレスニクは。すべて貴様のせいだ。それだけじゃない、貴様は世界中で武器を売ってる。世界中に不幸を垂れ流してるんだ。夏休みのストロギノで死んだ子供を思い出せ」

「やめてくれ、やめてくれ」

両膝をついてうずくまった〈支配人〉は、雪原に点々と鼻血を垂らしながら哀れに懇願した。

「私はチャンスをものにしただけだ。昔は、共産主義体制下では、密輪や密売なんて犯罪でもなんでもなかった。みんなやっていたことだ。店に並べる商品のないキオスクの店主だって、原料不足でノルマを達成できない工場長だって。みんな、みんなだ。知らないなんて言わせないぞ。それが六十年以上も続いたんだ。税金が高すぎるからロシア人にとって脱税は犯罪じゃない。当たり前のことだ。国民の常識だ。でも私は志のある公務員だった。突然転がり込んできた新事業の利益が、これほど大きなものでなかったら……」

「黙れ」

バララーエフの胸を思いきり蹴りつける。同時に悟っていた。目の前の元官僚はある種の典型だ。それもおそろしく陳腐な。ソビエト崩壊以降のロシアが戯画化され、涙を流して正当性を訴えている。

〈支配人〉はルイナクの支配者などではなく、黒幕でもさらになく、金儲けの機会に恵まれた凡俗の一人にすぎなかった。ルイナク自体がこうした無数の個人の集合体なのだ。だから武器は国境を——イデオロギーや人種の壁さえも——軽々と越えていく。それが現代の武器密売市場であり、現代の得体の知れなさだ。

「立て」

千々に乱れる感情を押し殺してユーリは言った。

「立って法廷まで歩いていけ。どこの国の法廷でもいい。俺の仕事は貴様をそこまで歩かせることだ」

バララーエフがのろのろと立ち上がったとき、雪原に銃声が轟き渡った。反射的に振り返る。サイガ12を構えた男が追ってくるのが見えた。但馬だ。徒歩の但馬は、ユーリ達と同じルートを通ってキキモラより先に追いついたのだ。但馬が再び発砲した。逃げようとしたバララーエフが雪に足を取られて倒れる。ユーリも咄嗟に伏せた。応戦しようにも武器はなかった。たとえあったとしても、この凍えきった指では到底扱えない。身を隠す場所はどこにもなかった。闇雲に突進しても散弾の標的になるだけだ。

バララーエフは思考力を失ったように雪の上で硬直している。

但馬は二人とも問答無用で殺す気だ。サイガの弾倉を交換し、ゆっくりと雪を踏んで近寄ってくる。そして銃口をこちらに向け、狙いを定めた。

ここまでか――

何か、何か打つ手は。何もない。もう本当に。逃れられない。ここで終わりだ。さまざまな考えが一瞬で交錯する。自分の人生。追放された警察官の生涯。この世のあらゆる塵《じん》芥《かい》にまみれた犬の一生。温かい愛を感じた日もあったような気がする。熱を出して床に臥《ふ》せる自分を看護してくれたのは、母だったか、リーリヤだったか、それとも枯れ木のような中国人だったか。

雪に伏せたユーリは、但馬の背後に何かを見たように思った。黒い森から走り出てくる人影。驚いて目を凝らす。

誰だ――

足音に振り返った但馬が人影に向けて素早くサイガを構え直す。影もまた身構えたようだった。その俊敏な動作に遠い既視感。自分はかつてそれを見ている。

まさか……

ツァリツィノの記憶。雪の公園。楽しげに散歩する母娘。グロックを向けるラズヴァイロ。必死に走る。声が出ない。間に合わない。自分はいつも。だがあの人は違う。父と同じ刑事の目。痩せ犬の群れを率いるあの人は。

あり得ない。すべては遠い過去、遠い場所での出来事だ。

まさか……あの人は……

但馬が撃つと同時に、影の手許で銃火が閃く。

仰向けに倒れた但馬はそのまま動かなくなった。

銃口を下ろした影が、こちらへ向かって顔を上げる。

間違いない、あの人は――

「班長！」

思わず叫んでいた。信じられない。あの人がどうしてここに。

かつて自分を売った上司。自分と相棒を見殺しにした。レスニクの頭から流れ出た血。テレビのニュースに映し出された自分の顔。サハリン。ナホトカ。ウラジオストク。どれだけ長い航路だったか。

マカロフを手にしたダムチェンコが近づいてくる。雪原をくまなく照らす月光にはっきりと分かる。短く刈った髪は白くなった。皺も増えた。相応に老けているが、力強い面差しは当時のままだった。

「班長……」

暗視装置動作良好。視界映像に異常なし。レーダー、ソナー、サーマルをはじめ装備されている索敵装置をすべて使用。

移動するバンシーのシェル内で、ライザは周囲の気配を探る。センサーを通して表示されるデータと、センサーが拾わない気配。自分はそのどちらをも逃さない。左マニピュレーターに構えたフランキ・スパス15コンバット・ショットガンはいつでも射撃可能な状態にある。

龍機兵は一般の機甲兵装と同じく市街戦を想定して設計されている。積雪状態での行動に適しているとは言い難いが、それでも従来機よりは格段に速い。脊髄に挿入された龍髭が、脳に達する以前の脊髄反射を検出して量子結合によりバンシーの龍骨へと伝達する。膨大な情報の収集と演算の結果を感覚としてライザにフィードバック。平衡を取ろうとする脊髄反射を機体動作へと変換する。要は人体と同じ感覚で雪の上を進めばいいのだ。左マニピュレーターに装備したスパスの分だけバランスをとりにくいが、それもまた龍骨が随時調整してくれる。

足跡を見る限り、先行する機甲兵装が雪上移動用のオプションを使用している形跡は特に認められない。移動速度はこちらが上だ。

追跡する人間と機甲兵装の痕跡をコンピューターがナンバリングして記憶、分類。万一痕跡を踏み潰してもとりあえずは大丈夫だ。それぞれの足跡をマーキング表示。何かに隠れていて視認困難な足跡の位置も推測表示してくれる。

踏み破られたフェンスから敷地外に出てしばらく進むと、沖津部長からの情報通り崩落の跡があった。確かに機甲兵装の足跡は左右二方向に分かれて下っている。

二機は左。一機は右。わずかに先着したライザは迷わず左の二機の跡を追った。続くフィアボルグが右へ行くのを視界の隅で確認する。

積雪量はさほどでもないが、やはり通常とは勝手が異なる。周囲を取り巻く雪が果てしなく閉塞し、機体を圧迫する感覚。密閉されたシェルの中にまで押し寄せてくるような。

だがその感覚は、ライザには馴染みのものだった。

雪ではない、砂。

機甲兵装で初めてシリアの砂漠に放り出されたとき、似たような恐怖を感じた。その恐怖が今となっては懐かしい。

——乾期の砂漠で機甲兵装に乗るということは、熱砂を抱いて鋼鉄の棺桶に入るも同じことだ。

案山子《かかし》のような体格をしたムジャヒディンが教えてくれた。復讐とイスラムの大義に生きるテロリスト。あなたの悲しみは分かる。私も大切なものを失った。だが私はあなたとは違う道を往こうと思う。熱い砂を抱いて死ぬか、冷たい雪を抱いて死ぬか。それが戦いの結果であるならどちらでもいい。甘んじて受け入れよう。今は結果を考えない。今を戦い抜いて私は生きる。

班長……

あのときと同じだ。雪のツァリツィノ公園。駆けつけてきた班長が助けてくれた。今と同じにマカロフで。

信じ難い〈相似〉であった。

聞きたいこと、言いたいことは山ほどある。このときを何度夢想したろうか。

班長……あなたはどうして……

だが声にならない。すべての疑問。怒り。憎しみ。胸が詰まって何も喉から出てこない。

この人はもう班長ではない。ふとそんなことに気がついた。この人は自分とレスニクを売ってはるかに偉く出世したのだ。もう班長ではない。自分が信じたあの人でも。

ダムチェンコはじっとユーリを見つめている。以前と少しも変わらぬ強烈な目で。

「行くぞ」

倒れているバララーエフの襟をつかんで引き起こしたダムチェンコがユーリを振り返った。

「日本警察が船とヘリでこちらに向かっている。港まで降りて彼らと合流しよう。上から機甲兵装も追ってきている。追いつかれたら最後だ」

「班長……」

「何をしている、こいつを逮捕するんじゃなかったのか」

「シェルビンカ貿易の売った武器がストロギノ市民ホールで使われた……そうですね？」

ようやく言った。

「今になって分かりました。だからミカチューラもレスニクも殺された。実行犯はゾロトフだ」

ダムチェンコが頷いた。

「よく突き止めたな」

「〈痩せ犬の七ヶ条〉のおかげです。もっとも七番目の条文は今も知りませんが。自分はやはり半端者でした。まだ分からないことが残っています」

ダムチェンコから視線を逸らさず、ユーリは最後の疑問を口にした。

「あなたはどうして裏切ったのですか」


雪の樹林帯を進んでいた由起谷は、背後から迫る微かな気配に振り返った。

木々に注ぐ月光を閃かせて浮かび上がる白い異形。バンシーであった。

「いつの間に……」

思わず絶句する。足跡を追うのに夢中になっていたとは言え、三メートルに及ぶ巨体がこれほど間近に接近するまで気づかなかったとは。

バンシーは立ち尽くす由起谷をまるで顧みることなく追い越し、木々の彼方に消えた。

音もなく滑るように森を往くバンシーはさながら幽鬼か精霊、あるいは操る人の異名の如くに〈死神〉であった。

『バンシー』というコードネームを与えられた龍機兵の能力に、由起谷は改めて慄然とする思いだった。

由起谷を追い抜いてから四分後。

バンシーの索敵装置に反応。同時にすぐ横の木の幹が吹っ飛んだ。アンチマテリアル・ライフルによる狙撃だ。

ライザはヘリの沖津にデジタル通信を送る。

「こちらPD3、接敵《コンタクト》。制圧を開始する」

木々の間を走りながらスパス15で応戦する。識別装置が自動で機影を照会。結果は機種不明、もしくは未登録。『キキモラ』だ。

暗視装置を通しての映像で視認する。閑上のホテル地下にあったのと同じ機種だった。動くところは初めて見る。動作は確かに従来機より人間に近い。

キキモラが龍機兵であるか否かはライザの意識にはない。あるのは月よりも冷ややかな虚無のみである。

純白の機体に月光をきらめかせ、バンシーは樹林帯を疾走する。その動きにつれて周囲の木々が弾け飛んでいく。正確な射撃だった。着弾はしかしバンシーの本体を捉えられずに背後の雪を穿つ。

ゲパードM4を連射しながらキキモラが樹林帯の斜面を移動する。ライザは瞬きもせずディスプレイの全表示を追う。

「PD3より本部、交戦中の敵は一機。残る一機は未確認」

足跡は二つだった。もう一機はどこだ――

索敵を続けつつスパスを撃つ。敵の動きも素早かった。斜面の木々をジグザグに駆け登り、こちらのスラグ弾をかわしていく。

ライザは研ぎ澄まされた感覚のままに機体を操り、敵機との距離を詰める。

樹林帯に銃火が閃き、雪煙が舞い上がる。細かい雪の粒と砕け散った木々の破片を全身に浴びて、バンシーが雪の斜面を白い影のように駆け抜ける。

「道は一つしかなかった」

ユーリと一緒にバララーエフを左右から抱え、雪道を下りながらダムチェンコは述懐した。

「保身に走ったバララーエフは独断でおまえとレスニクを生け贄に差し出した。すでにおまえの逮捕命令が出ていたし、関係者全員が盗聴されていた。自分は皆におまえからの電話に出るなと伝えた。誰かが迂闊な動きを見せればそこで工作が失敗する可能性もあったからだ。だがおまえの運命はすでに決められていた。自分には道は一つしかなかった」

ユーリは聞きながら――いや、聞く前から――理解していた。

道は一つしかない。

生け贄の犬の運命は決定していた。どうあがいても覆せるものではない。生き残った部下を救うためにダムチェンコにできること。それは自らもバララーエフと同様に上層閥に与《くみ》し、内部から押しとどめることだけだ。熾烈な駆け引きがあったことだろう――すべての隠蔽工作を率先して進める、自分は誰よりも国家の役に立つ、オズノフの始末は不要だ、奴は何も知らない、放置しても危険はない――

「プリゴジンも、シャギレフも、おまえのために濁った水を飲むことに同意してくれた。ボゴラスも、カシーニンもだ。うわべは恭順するふりをして口をつぐみ、見返りを受け取った。そしてそれぞれの新たな立場から、自分達の信念を貫こうと決めた」

〈相似〉だ――ユーリは思った。

信念に燃える過去のダムチェンコが、何倍にも大きくなってここにいる。

班長はやはり〈班長〉であったのだ。

上層の流れに従い、利用されると見せて利用する。より大きな犯罪と戦うために。警察官としての職務を貫こうとする信念だ。とは言え、やはり無批判には肯定できないと思う。しかしダムチェンコはその信念をずっと変わらず抱いていたのだ。政治的ニヒリズムに陥ることなくその信念を維持するためには、想像を絶する精神力が必要であったに違いない。

その考えを言葉として口にしたのはバララーエフだった。ホテル・ナツィオナーリのレストランで初めて会ったときだったか。しかしバララーエフは口だけだった。何も信じてはいなかったし、覚悟もなかった。人生を懸けて実践したのはダムチェンコだ。

「プリゴジンは引退したが、他のみんなは今も警察に踏みとどまっている。みんないつもおまえを心配している」

モスクワ第九一民警分署刑事捜査分隊捜査第一班。『最も痩せた犬達』。痩せ犬が今も痩せたままでいるというのか。

目に浮かぶ。第三班の班長だったブルダエフが押収品のコニャックのボトルを差し出してくる。さあ、飲んでみろと。それをまだ髪の白くないダムチェンコが一口呷ってシャギレフに渡す。シャギレフが飲み、次に渡す。その場にいなかったボゴラスが飲む。カシーニンが飲む。プリゴジンが飲む。迎合ではなく。妥協ではなく。毅然として。したたかに誇り高く泥を啜る。

現実的になるということはロシアでは敗北を意味する。しかしこれは敗北でも妥協でもない。現場警察官による抵抗の決意表明だ。

囮捜査についてダムチェンコは一班の皆にも秘密にしろと指示した。今なら分かる。それは仲間に対する最大限の配慮であり、思いやりであったのだ。

「やはりおまえを始末しておくべきだという声はその後も常にあった。自分はずっと主張し続けた。放置しても実害はないとな。それが精一杯だった。仲間の誰かがおまえに接触すればすべてが台無しになる。おまえの状況については時折報告書が上がってきた。それをオフィスで確認することしか自分にはできなかった」

胸が詰まる。言葉にならない。

組織内で、組織のために尽くし、発言力を得て組織の声を抑え続ける。ダムチェンコは自分を見捨てなかっただけでなく、これまでずっと自分の庇護者であったのだ。

自分はずっと班長や仲間達を恨んできた。彼らに守られているとも知らず。

馬鹿だ、どうしようもない馬鹿だ――

全身がわななく。斜面を下る足が震え、もつれそうになる。

ダムチェンコが叱咤する。

「しっかり歩け。もう少しで海に出る」

そしてバララーエフを横目に見て、重く苦い笑みを浮かべた。

「長い間こいつを逮捕するチャンスを窺っていたが……おまえと一緒にこいつを連れて逃げ回るはめになろうとはな」

バララーエフはもはや心身を喪失したように虚脱して、ただ蹌踉《そうろう》と足を運んでいる。

「リーリヤは……」

嗚咽《おえつ》をこらえながら尋ねた。

「リーリヤは元気でいますか」

髪の白くなった元上司の精力が、急に減退したように感じられた。

ダムチェンコは追憶の悔恨に身を震わせ、静かに答えた。

「リーリヤは死んだ」

スパスの弾が尽きた。ライザはマニピュレーターの内装アダプターを開放し、即座にスパスを捨てる。樹林帯での移動に銃身の長い火器は邪魔だ。

キキモラは樹林帯を抜け、岩だらけの急斜面をよじ登っていく。マスター・スレイブ方式の利点を生かした選択だ。従来の機甲兵装ならあそこまでスムースな登攀はできない。

斜面の基部に出たバンシーは、立ち止まって敵機に向け右腕を伸ばす。肩部装甲の下から覗く対戦車ミサイルFGM－148ジャベリン。

視線入力。ダイレクト・アタック・モード。ロック・オン。だがライザはグリップの発射ボタンにかけた指を寸前で止めた。キキモラの周囲には大きな岩が不安定に転がっている。この位置からミサイルを撃てば、万一衝撃で地盤が崩れた場合、こちらが大量の土砂に埋もれてしまう。

後を追ってきたバンシーを確認し、キキモラは近くの巨岩の後ろに隠れた。

今さら何をする気だ――

ディスプレイに投影された巨岩がぐらりと動く。キキモラは全身を使って自ら岩を落としている。たちまち六個の大きな岩が立て続けに落下してきた。いずれも直径二メートル級。直撃を受ければ龍機兵でも無傷では済まない。

シェル内のライザにはしかし動揺は微塵もない。迫り来る巨岩はそのまま死だ。自分はこれまで常に死を前にしてきた。特に珍しい相手ではない。

無造作とも見える動きで六個の巨岩を紙一重でかわす。

キキモラは――いない。

一瞬のロスト。ディスプレイに表示。上だ。バンシーが岩を避ける隙を衝いて跳躍したのだ。回避行動は間に合わない。キキモラが上空から躍りかかってくる。その機体に月が隠れる。バンシーに振り注ぐ月光が黒い影で遮られた。

頭上を見上げて立つバンシーの左腕が微かに動く。

二機の機影が山肌の斜面で交差した。

どちらも静止したまま動かない——雪に突っ伏したキキモラも、幽鬼の如く佇むバンシーも。

静寂に夜が凍る。

どこかで微かな音。森の中、枝に積もった雪が重みで落ちた。

やがてバンシーがゆっくりと振り返った。キキモラの背中から貫通した槍の先端が覗いている。

バンシーの左マニピュレーターに装備されていた隠し武器の手槍であった。

索敵装置に反応なし。シェル内でライザは人知れず舌打ちする。もう一機は現われなかった。僚機を足止めにして先へ行ったのだ。

死んだ……リーリヤが……？

「悔やんでも悔やみきれない。妹からの電話に出てさえいれば。もっと妹を気遣っていれば。妹も監視されていたんだ。おまえからの電話を受けた妹に署長が接触した。おまえを保護するためだと言って協力を迫ったんだ。おまえの潔白を信じていたからこそ妹は応じた。その行動がおまえを裏切る結果になったと知り、妹は強く自分自身を責めた。あいつは日に日に憔悴していった。そんなとき妹に求婚者が現われた。結婚を勧めたのは自分だ。妹の苦しみを見かねたからだ。許してくれ。一日も早くおまえのことを忘れた方がいいと思ったのだ。愚かだった。結婚して二年目にリーリヤは死んだ。直接の死因は肺炎だが、おまえを失った日から妹は徐々に死に向かっていたのだ。相手の男にも申しわけないことをした。彼は妹を愛していたし、できるだけのことをしてくれた」

リーリヤが……死んだ……

古本屋の棚の前でリーリヤが振り返る。天窓から差し込む光がその頬を柔らかに照らす。彼女の微笑み。周囲に舞う埃さえも輝いて――

それは現実の光景だったのだろうか。自分が経験したとは思えない、穏やかな安息に満ちた記憶。まるで本の中の挿画のような。

リーリヤは死んだ。古本屋の娘はもういない。世界のどこにもあの娘は。

虚ろな思いが心の中で反響する。実感ではない、ただの谺だ。今の自分が受け止めるには重すぎた。受け止めきれないさまざまなものが、後から後からあふれ出す。

急に視界が開けた。前方に広がる光。月光を映した海だ。

思わず足を止め、ユーリは海に見入った。ダムチェンコも。バララーエフも。

森を出て、三人は自然と光に向かって歩み寄った。だが光る海はつい目と鼻の先の間近にありながら、彼らとは決定的に隔てられていた。

足許は断崖となって垂直に切れ落ちている。二〇メートルあまりだろうか。崖下には廃屋となった数十戸の民家が寄り添うように並んでいる。震災当時のまま放置されているのだろう。露出した岩肌を一面に覆う落石防護ネットもそのままだった。

ユーリは再び海を見つめる。港があった。乗り捨てられた四艘のボートが見えた。七崎浜だ。大回りして元の港に出たのだ。着陸している輸送ヘリも見えた。沖合から現われた巡視艇が港へ向かってくるのも。

不意に背後の森で木の倒れる音がした。放心から覚め振り返る。数本の木々が強引にまとめて押し倒されたような音。唸りのような地響きも。それが急速に接近してくる。追手のキキモラだ。もうそこまで迫っている。

「ここを降りよう。金網をつかんで降りればいい」

ダムチェンコが決断した。

「私にはできない。こんな所、降りられるもんか」

泣き言を繰り返すバララーエフの腕を両側から取って無理矢理崖に放り出す。バララーエフは慌てて防護ネットの端にしがみついた。続けてダムチェンコとユーリも防護ネットをつかんで降り始めた。ネットの目は指のかかる大きさだったが、寒さにかじかんだ指は思うように動かない。少しでも気を抜くとたちまち網の目から外れて滑りそうになる。それに網の目は足掛かりにするには細かすぎた。かろうじて爪先が入るほどしかない。不安定な足場のため、全身の筋肉に凄まじい負担がかかった。特に腕の筋肉は今にも破裂しそうな気がした。それでも歯を食いしばり、じりじりとネットを下降する。

両手の爪が一枚、また一枚と剝がれ、生温かい血が両腕を伝って滴り落ちてくる。寒さのせいか、痛みはあまり感じない。剝き出しの黒犬が悲鳴を上げ、文句を並べる。こんなときに限ってなぜ手袋をしていないのかと。

「もうおしまいだ、手が痺れて動かない」

泣き喚くバラーエフをダムチェンコが声を殺して叱りつける。

「黙れ、声を立てるな」

接近する機甲兵装の足音が一際大きく頭上で聞こえた。

息を殺して上方を見つめる。キキモラがぬっと巨大な顔を出した。

追いつかれた――

しかしキキモラは動かない。そのまま崖の上で途方に暮れたように立ち尽くしている。

機甲兵装で飛び降りられる高さではないし、人間のように落石防護ネットを使って降りることもできない。そもそも防護ネットが機甲兵装の重量を支えられるかどうかも不明であった。

右マニピュレーターに固定したゲパードM4を撃ってこないのは、すでに弾を撃ち尽くしたからだろう。

「今のうちだ、急げ」

ダムチェンコの声に、ユーリ達は慌てて下降を再開した。下まで降りれば七崎浜はもう近い。

港に見えた警視庁の輸送ヘリには龍機兵のコンテナが積まれているはずだ。ヘリは一機のみであったから、おそらくはバーゲストのパッケージ。

最後の二メートルは三人同時に手を放して飛び降りる。崖下の民家の裏庭に当たる部分だ。息を弾ませながら見上げると、崖の上のキキモラが左マニピュレーターをゆっくりと下に突き出すのが見えた。

左手に何か奇妙な装備を持っている。銃身のような細長い筒が突き出ているが、銃ではない。

その先端から、突如一条の炎が迸《ほとばし》った。

火炎放射器――

三人は慌てて走り出した。しかし眼前の廃屋はたちまち炎上し、行手を塞いだ。崖の上から第二波、第三波の炎が降り注ぐ。

　廃屋が次々に燃え上がる。突然の劫火の眩さに三人は顔を背けた。闇に慣れた目が潰れそうだった。

前は炎。後ろは崖。左右にしか移動できない。右側に進みかけたとき、民家が轟音を上げて崩れ落ちた。左に向かうしかない。

キキモラは追いつめられたこちらを嬲《なぶ》るように火炎放射を続けている。今までの寒さが一転して灼熱の地獄となった。

山中の施設前に着陸しているヘリ内で、沖津は各所からの情報を受けて状況の把握に努めていた。そこが現在の司令部である。

哨戒中の県警ヘリから入電。

〈七崎浜港近くの山中で火災が発生している模様、ただちに急行する〉

沖津はすぐに無線機に向かい、指示を下す。

「本部了解。付近に被疑者機甲兵装がいるものと思われる。充分に警戒されたし」

やっと追いついた――

森を抜けたフィアボルグの内部で、姿は敵機を視認する。

サーモセンサーに異常反応。暗視装置のセーフティ・ランプが点灯する。

夜の空間が赤く染まっていた。足許から広く沸き立つような熱波の中、こちらに背を向けたキキモラが立っている。

地獄の釜でも開いたか――

ディスプレイに投影される新型機の背面映像。右手にゲパード、左手に何か別の装備を持っている。ユーリ達は確認できない。おそらくは崖の下。

「PD1、敵一機を確認。制圧開始」

キキモラは左手の装備から足許の空間に向けて間歇《かんけつ》的に細い線のような火を放った。火炎放射器だ。

歴戦の姿も初めて見る装備だった。キキモラの左腕の周囲に二本の筒。燃料タンクと加圧システムか。放射銃もタンクも一体化したユニットなのでホースはない。アダプターの類は不要らしく、キキモラはタンクの間の取手を直接握っている。

機甲兵装同士のCQBにおいて火炎放射器は一般的な装備ではない。一撃で有効なダメージを与えることができず、メリットが少ないからだ。それどころか射程が短い上に一度放射すれば否応なく自分の位置を知られてしまう。バックアップなしには使用できない。

火炎放射器自体は現在でも閉所に立て籠もったテロリストへの対処やBC兵器による汚染物の焼却に有効であると考えられている。しかし機甲兵装が装備する意味は薄い。機甲兵装用オプションの火炎放射器があるとすれば、その用途として考えられるのは、まず無差別の掃討。つまり民間人の虐殺――民族浄化だ。

こんなモノが商品化されていたのか――

姿は反射的にバレットの銃口を向ける。

ゾロトフかガムザか、それとも但馬か。誰かは知らないが、一発で仕留める――

フィアボルグが撃つより早く、キキモラは振り向きざま手にした火炎放射器のユニットを投げつけてきた。

姿は素早く回避したが、タンクがバレットの銃身を掠《かす》めた。鈍い衝撃。銃身がわずかに曲がった。もう発砲できない。

間髪を容れずキキモラが猛然と突っ込んでくる。

迅速かつ果敢な判断だ。経験を積んだ兵士に違いない。搭乗者は元軍人のガムザか。

キキモラは外装アダプターで右手に固定したゲパードM4で殴りかかってきた。外装なので搭乗者の独力では外しにくいが、その分有効な打撃用武器となる。

姿も咄嗟にバレットの銃身をフィアボルグの指で鷲づかみにするように握り直す。内装式のアダプターだけでは固定する強度が弱い。バレットはもう殴り合いの道具でしかない。何かを躊躇し、判断を誤った方が死ぬ。

巨人同士の振りかざす棍棒のように、ゲパードとバレットの銃身が大きな音を立てて激突した。


「こっちだ」

炎上する廃屋の合間にかろうじて通れそうな隙間を見つけ、ユーリは先に立って炎を潜った。後ろからダムチェンコに追い立てられたバララーエフが続く。炎の舌が頬を舐めるように近かった。走り抜ける側から燃える廃屋が瓦解していく。振り返ることもできない。立ち止まったらお終いだ。

火の粉が髪や体に降りかかる。熱波と煙で呼吸ができない。息を止めてひたすらに走る。

左右に切り立つ炎の回廊。それが刻々と間隔を狭め、三人を呑み込もうとしている。次々と崩落する壁や柱が行手を阻んだが、ユーリはそのつど夢中で乗り越えた。

バララーエフの破れたブランドスーツの袖に炎が燃え移った。ついにパニックを起こした支配人が手足をじたばたと闇雲に振り回しながら意味不明の絶叫を上げる。

「止まるな！　前へ進め！」

背後でダムチェンコが叫ぶ。たとえ止まろうと思っても、止まることなどもはやできるものではなかった。あまりの高熱と眩さに、目も爛《ただ》れて潰れそうな朱《あか》の世界。天も地も、今は一面、烈火の檻と化している。

狂おしく渦を巻き、どこまでも立ち昇る劫火の鳴動が、不意に音を失った。地上の罪を焼く音の一切。それを聴く五感のすべてが、極限の熱と恐怖とに遮断されたのだ。

世界から切り取られた無音の空間。

一瞬とも永遠とも思えたその状態を破るように——

頭上で一際大きな音がした。振り仰ぐと燃える屋根が崩れかかってくるのが見えた。炎の塊が目の前に大きく迫る。

次の瞬間、ユーリはバララーエフとともに後ろからダムチェンコに強く突き飛ばされていた。

大きく前にのめったユーリが振り返ると、そこには元上司の姿はなく、ただ燃える瓦礫の山ができていた。

「班長！」

バラーエフを先に行かせ、ユーリは夢中で炎の残骸を足で蹴りのける。意識を失ったダムチェンコの体が見えた。両腕をつかんで引きずり出そうとしたが動かなかった。大きな太い柱に足が挟まれている。炎は一段と勢いを増して、周囲は今にも燃え落ちそうだった。

ユーリは意を決して燃える柱に両手をかけた。肉体が焼け爛れる一瞬の感触。掌だけでなく、神経そのものが炙られているような激痛が脳裏を貫く。歯を食いしばって耐える。全身に火の粉を浴びながら、腰に力を込め、両足を踏ん張る。柱が少しずつ持ち上がる。周囲はすべて炎の中だ。さらに踏ん張る。脂汗が目に沁みる。奥歯を噛み割ってしまいそうだ。痛みはすでに別の何かに変わっている。柱が動く。炎が激しさを増す。死にもの狂いで肩と体を柱の下にねじ込み、勢いをつけて柱をどかそうとする。だがどうしても柱を放り出せない。両手の焼けた皮膚が柱に貼り付いていた。思いきって突き放す。犬の悲鳴のような音がして皮膚が剝がれ、柱は炎の中に突き倒された。

激痛をこらえて瓦礫の下からダムチェンコの体を引きずり出し、肩を貸すように抱きかかえる。燃え落ちて飛散した建材がユーリの腕をしたたかに打った。構わずに炎の先を目指して進む。一歩、また一歩。渦を巻く劫火が顔を、背を、足を嬲る。

意識のない班長の体。前にもこうして抱きかかえた。ずいぶん前だ。あのとき班長は事件解決の祝杯に酔い潰れていた。苦労して団地の二階まで抱え上げた。部屋の前で困っていると、突然ドアが開けられ、リーリヤが顔を出した。そうだ、リーリヤと初めて会ったときだ――

涼やかな一瞬の淡い想念も、燃え盛る炎に雪の如く蒸発する。炎の中にリーリヤはいない。炎の外にも。世界中のどこにも。

冷気が突然戻ってきた。炎を抜けた。新鮮な空気が肺にどっと流れ込む。

ダムチェンコと一緒に雪の上に身を投げ出す。少し先でバララーエフが惚けたようにしゃがみ込んでいた。一人で逃げ出す気力さえ失っているのだ。

「班長、しっかりして下さい」

ユーリはすぐにダムチェンコの呼吸を確かめる。炎の轟音と己の乱れる息とでよく分からない。心臓は――止まっている。焼け爛れた両手をダムチェンコの心臓に押し当て、体重を乗せて強く押す。二度、三度――まだ、もう一度。諦めずに何度も押す。

微かな鼓動の感触。さらに力を込めて押す。ダムチェンコがうっすらと目を開けた。揺るぎない信念を抱く元上司。少しのぶれもなく、ひたすら警察官であり続けた。ただひたすらまっすぐに。

その唇が微かに動いた。

「痩せ犬の……七ヶ条……」

瀕死のダムチェンコが何かを言おうとしている。その上半身を抱き起こす。

「その……七番……目は……」

込み上げる思いに胸が詰まる。

「七番目の条文、それは『まっすぐに生きること』ですね」

腕の中の元上司は驚いたように目を見開き、次いで心から嬉しそうに微笑んだ。

両手を伸ばし、ユーリを抱き締める。強い力だった。

「おまえは俺達の……息子であり……弟だ……」

ダムチェンコが目を閉じる。力を失った手足がくたりと垂れる。全身が急速に冷えていく。

九一民警分署捜査第一班班長——現在の階級と役職は知る由もない——ドミトリー・ダムチェンコは穏やかな顔で息を引き取った。

「一つ、まっすぐに生きろ」

自力で悟ったのではない。自分は最初から知っていた。

警察官になると告げたその日の夜、冷えたウォッカを注ぎながら父が言った。

——まっすぐに生きろよ。何があってもまっすぐにだ。

一番大事なことを、父が最初に教えてくれていた。なのに自分は、今までそれに気づかなかった。

――この国で警察官であろうとするのは、氷柱が炎の上でまっすぐなままでいるようなものだ。

父も班長も、生涯炎に溶けず、毅然として氷柱であった。

あかあかと雪を照らして燃える炎の前で、ユーリは夜空を仰いで号泣した。


アンチマテリアル・ライフルの銃身で互いに何度も斬り結ぶ。キキモラの動きは姿も舌を巻くほど敏速だった。龍機兵に匹敵する次世代機という触れ込みはあながち誇大広告でもなさそうだ。少なくとも現役の第二種よりは圧倒的に上位にある。

すでに打撃用としても使えぬほどに折れ曲がったバレットを捨てると同時に、姿は左のマニピュレーターで腰部サックから黒いアーミーナイフを抜いた。抜き打ちに下段から突き上げたその一撃を、キキモラは難なくかわした。

CQCでフィアボルグとここまでやりあえるとは――

機体の性能のゆえか、あるいは搭乗者の腕か。

フィアボルグが次々と繰り出すナイフの攻撃を、キキモラはやすやすとかわし、両手両足をフルに使った攻撃を繰り出してくる。

従来の機甲兵装に対する龍機兵の優位性はまずその反応速度に認められる。脳に到達する以前の脊髄反射を拾う速度である。しかも自他ともに認めるプロフェッショナルである姿の攻撃にここまで即応できるとは。

フィアボルグが大きく踏み込む。キキモラもまた間合いを詰めて蹴りを繰り出す。フィアボルグのナイフがキキモラ右肩部の装甲を裂き、キキモラの蹴りはフィアボルグ右脚部関節を打った。

二体の巨人が地響きを立てて転倒する。その衝撃で雪面が何か所か崩落した。両機の位置は黒々と切れ落ちた崖のすぐ上に移っていた。

体勢を立て直したフィアボルグが手練のナイフを閃かせる。同時に起き上がったキキモラがその攻撃を寸前でかわした。

速すぎる――

フィアボルグのシェル内で姿は嗤う。そういうことか。

人間の神経が反応できる限界は生理化学的に〇・〇三秒程度。龍機兵の反応速度も理論的にはこの数値の範囲内となる。にもかかわらずキキモラは速すぎた。

キキモラはこちらが〈攻撃する前に〉かわしていたのだ。

無論具体的な数値を観測したわけではない。数限りない戦場での実戦経験によって培《つちか》われた直感である。

キキモラの速さの正体はコンピューターの行動予測にすぎない。第二種機甲兵装にありがちなコンセプトだ。

第二種は動作の多くがマクロ化されており、搭乗者はシステムに対する決定権を持つだけという概念で、基本的には第一種の延長線上にある。ただし第二種はそのプログラムの可能範囲が格段に広く、複雑化している。マスター・スレイブ方式である分、キキモラは機体の自律と搭乗者の操縦との境界が最大限まで曖昧になっているだけだ。

だとすればおまえは龍機兵の敵じゃない――

姿はフィアボルグの手にしたナイフを、ジャグリングするように複雑に動かし始めた。龍機兵の指の形状は極めて人体に近いが、完全に同じというわけではない。しかし搭乗者の熟練度によってはジャグリングのようなパフォーマンスも可能である。

左手から右手へ。上から下へ。フィアボルグのアーミーナイフは変幻自在に複雑な軌道を描く。戦術的にはまったく無意味な動作だ。

キキモラが一瞬棒立ちとなる。予想もできなかったフィアボルグの奇矯な行動。処理すべき情報の多さに、キキモラのコンピューターがオーバーフローを起こしているのだ。

こいつは気でも狂ったのかという顔だな——

最後にナイフを垂直に高く放り投げる。

おまえは確かに最先端機だ。だが相手が悪かったな——

動きの鈍くなったキキモラの背後を一瞬で取った。その足許にナイフが落下してくる。

雪面に突き立ったナイフを片手でつかみ、一動作でキキモラの背に突き立てた。

上空でヘリのローター音。サーチライトが断末魔のキキモラと、ナイフを引き抜くフィアボルグの機体を照らし出す。

崖の縁で前のめりに倒れたキキモラは、そのまま劫火の中へと落下していった。


県警ヘリから本部ヘリへ入電。

〈火災現場近くで交戦中のキモノ二機を発見。本庁機が被疑者機を制圧した模様〉

マイクを握り締めて沖津は言った。

「周辺に人は。人はいないか」

やがて応答があった。

〈三名を発見、いずれも負傷、うち一名は重傷の模様〉

「ただちに救助願う」

〈周辺に着陸できず、救助は困難。七崎浜港まで誘導する〉

宮城県警のヘリは捜索救難機ではない。救助ホイスト（ケーブル巻き上げ機）などは装備していない。

沖津は地図に目を走らせる。オズノフ警部の現在位置から七崎浜は目の前だ。徒歩でも充分に行ける。


落下してきたキキモラが大音響を上げて燃える民家の屋根を突き破り、大量の火の粉と粉塵を巻き上げて炎に没した。

ちょうど立ち上がろうとしていたバララーエフがその轟音に悲鳴を上げて腰を抜かす。

ダムチェンコの遺骸をそっと雪の上に横たえ、ユーリは己の左手を見る。醜く焼け爛れた掌から、黒い犬は影も残さず消えていた。

ゾロトフの呪縛が解けたのだ――

サハリンからつきまとっていた影。上目遣いにこちらを見上げるみじめな負け犬。左手に刻まれた恥の証し。遠い屈辱の日々を想う。そして、もっと遠い輝ける日々を想う。

立ち上がって崖の上を仰ぐ。こちらを見下ろしているフィアボルグが見えた。その足許から、夏川と渡会も怖々《こわごわ》と顔を出す。そして上空で旋回するヘリと眩いサーチライトの光。

ユーリは決然と身を翻し、バララーエフに歩み寄る。

「行くぞ。さあ立て」

尻を蹴飛ばすようにして追い立てる。港はもう目の前だった。


巡視艇のサーチライトに照らし出された七崎浜港では、上陸した海上保安官達が互いに大声を交わしながら、乗り捨てられた四艘のボートと首の骨を折られた二つの他殺体の検証に当たっていた。

騒然としたその様子を耳に聞きながら、緑はPCのキーボードを叩く。漁業倉庫だったらしい建物の横に静止した輸送ヘリの機内。固いシートに座りっぱなしで腰が冷えたが、気にもならない。無線で刻々と伝えられる状況を随時PCに入力していく。

山頂部近くのアルマース所有施設の位置をマップに表示。雪の崩落地点をマーキング。追跡者はそこで二手に分かれた。確認されたそれぞれの足跡の方向を入力。フィアボルグとバンシー、それに由起谷、夏川、渡会の現在位置。逃走中と思われるオズノフ警部の大まかなコースが予測表示される。

ディスプレイに標示されたラインに緑は声を漏らしそうになる。雪の崩落で思わぬ方向に押し流されたオズノフ警部は、尾根に上がらずひたすら下り続けるだろう。周辺の地形は北から東へと時計回りに渦を巻くように高度を下げている。このまま行くとオズノフ警部は七崎浜、すなわち緑の現在位置に出る。バーゲストのあるここに。まるで運命に吸い寄せられるかのように。

雪の崩落さえなければ、オズノフ警部達がこんなコースを取ることはなかったはずだ。反対側の車道に出ていた可能性の方が大きかった。だがその場合はすぐに追手の機甲兵装に追いつかれていただろう。

緑は一人無言で首を振る。何が運命で、何が運命でないのか。自分にはもう分からない。龍骨-龍髭システム。龍機兵とその騎手との契約。それは科学的問題であり、他の何物でもない。ましてや運命などではあり得ない。

犬が警官を侮蔑的に示すメタファーであることくらいは自分にも分かる。オズノフ警部に与えられた龍機兵は〈魔犬〉バーゲストだった。それを偶然と言っていいのだろうか。

「おい、なんか燃えてるぞ」

輸送ヘリ機長の柳井《やない》警部補が窓の外を指差した。機内にいた全員が振り返る。

緑も眼鏡に手をかけて彼らの視線の先を見上げた。闇の中に浮かび上がるように赤い火が灯って、そこだけ夜が染まっていた。かなり近い。

機外の海上保安官達も混乱している。

「一体何が起こってるんだ」「本部の指示は」「様子を見に行った方が」

そんな声も聞こえてきた。

立ち上がろうとしたとき、県警ヘリと巡視艇に指示する沖津の声が無線機から聞こえた。

〈オズノフ警部が火災現場より七崎浜港へ被疑者を連行中。至急保護に向かわれたし〉

緑はPCを置いて機外へ出た。痛いほどの寒気が警視庁のスタッフジャンパーを突き抜けてくる。その場で足踏みしながら火事の方に向かって目を凝らした。

炎の上空を旋回していた県警のヘリがこちらへと機首を向ける。高度を下げたヘリはサーチライトで港へ続く道路を照らしている。オズノフ警部を先導しているらしい。

港で待機していた特警隊員が急ぎ集合し、H&K MP5を構えた体勢でヘリから伸びる光の下を目指し駆け出していく。

轟くような音がした。

冷たく張りつめた空気が破裂したような衝撃。最初は何が起こったのか分からなかった。

県警のヘリが急激に失速し、力尽きたように落下する。

ほんの二〇〇メートルほど先で、墜落したヘリが爆発を起こした。

緑は惚けたように立ち尽くす。

続けて接岸している巡視艇の甲板とブリッジにいくつもの大孔が開いた。サーチライトやガラスが砕け、甲板に立っていた海上保安官が赤黒い飛沫となって消滅する。

狙撃――アンチマテリアル・ライフルの――

発砲地点は分からない。おそらくは対面する山腹の森。発射音の大きさからするとそう遠くない。慌てて引き返してきた特警隊員の体が次々と飛散する。対物破壊や遠距離狙撃を目的として製作されたアンチマテリアル・ライフルの大口径弾を受けた人体は到底その原形をとどめ得ない。特警隊員は機動隊準拠の防護ベストを着用しているが、三〇口径程度の拳銃弾なら防御可能のボディアーマーも12・7㎜×107弾の前には薄紙ほどの意味もない。

雷鳴のように重く轟く銃声が夜の大気を揺るがし続ける。港にいたすべての警察官、海上保安官が恐慌に陥った。

ヘリは――バーゲストは――

我に返って背後を見る。ヘリは無傷だった。倉庫の陰なので狙撃者の位置からは死角になっているのだ。緑はすぐにヘリの側に駆け戻った。

生き残った者達も倉庫の方へと必死に逃げてくる。

ヘリの機体にもたれかかって、緑は初めて悲鳴を上げた。喉が裂けるほどの絶叫。体の奥底に眠っていた恐怖が悲鳴となって際限なく噴出してくる。いくら叫んでも止まらなかった。

闇だ——闇が押し寄せてくる——

かつて見た暗黒。かつて味わった恐怖。『チャリング・クロスの惨劇』。自らが体験した大規模テロ。両親と兄を失った。見境のない暴力が地上に現出させる悲惨をまのあたりにした。あのとき見た暗黒がまたも自分の眼前に広がっている。死は常に生きる者とその日常の間近に在って、津波のようにすべてを一呑みにしてさらっていく。耐えられない。嫌だ。嫌だ。自分はもう耐えられない。

どれくらいの間だったろうか。ひとしきり叫んだら錯乱と動揺は少し落ち着いた。しかし恐怖はまるで去らない。

歯の根が合わぬほどがくがくと身を震わせつつ考える。分かっていた。現在は常に暗黒と地続きなのだ。その暗黒と向き合うために自分は警察官になったのではなかったか。

そうだ、今の自分は警察官だ。覚悟を決めて任官した。落ち着け。闇に呑まれるな。自分を取り巻く闇に。そして自分の中の闇に。呑まれたら負けだ。直視しろ。目を見開いて闇に向かえ。

頭がまだ混乱している。オズノフ警部がこっちに向かっていたはずだ。追手から逃れようと。狙撃しているのはその追手だ。おそらく機甲兵装。山腹からは港の様子が見渡せる。森の中を下る警部を撃てないので、山腹から狙える輸送手段を叩いた。ヘリや巡視艇、それに邪魔になる警察官達。そこまでして警部を、いや、警部の連れている被疑者を逃がしたくないのだ――

〈ＰＤ１とＰＤ３がそっちに向かっている。あと十分ほどで到着する〉

ヘリに沖津からの通信音声。たった十分。その十分を持ちこたえられるか。無理だ。港から県道に続く車道は機甲兵装の潜む山の方へと延びている。港の左右は切り立った岩場。逃げ場はない。十分。機甲兵装が港にいる者を皆殺しにするには充分な時間だ。

大砲のようだった銃声がやんでいる。弾薬を撃ち尽くしたのか。そうではないとしても、敵がこちらに向かって移動中なのは確かだった。

再び静寂に包まれた港に、雪を踏んで近づいてくる足音が聞こえた。機甲兵装ではない。人間だ。

蛮勇を奮ってヘリの陰から顔を出す。闇の向こうから走ってくる二つの人影が見えた。

「警部！」

オズノフ警部だった。被疑者らしい外国人を連れている。

「早く、こっちです！」

緑の叫びに気づいてオズノフ警部が向きを変える。

倉庫の陰から飛び出した数人の特警隊員が、血と汗と雪とに濡れそぼった二人を囲んで引き返してきた。

「この男を頼みます。重大事案の被疑者です」

オズノフ警部は落ち着いた日本語で告げ、連れていた男を特警隊員に託す。そして緑の方に向き直った。

「鈴石主任」

所々が裂けて黒ずんだYシャツ姿のユーリが、力強く言った。

「これはバーゲストのヘリか」

「はい」

「すぐに装着する」

「はい……あ、待って下さい」

緑は相手の手の異状に気づいた。伸ばされた指が何か不自然だ。それに形も——

その異状が凄惨な火傷によるものだと悟り、緑は息を呑んだ。

「酷い——」

そしてユーリを見上げ、

「その手でバーゲストに乗るつもりですか」

遠く背後で地を揺るがすような重い金属音。山肌を滑り降りてきたキキモラが港の端に降り立ったのだ。

キキモラはゆっくりと港を横切って近づいてくる。追いつめた獲物を前に舌なめずりするかのように。

周囲からサブマシンガンの銃声。物陰に身を隠しながら展開した特警隊員がＭＰ５で応戦している。

「どいてくれ。時間がない」

「無茶です」

「だがやるしかない」

ユーリはまっすぐに緑を見据えて言った。

「ただの機甲兵装だったら無理だろう。龍機兵だからこそ乗れるんだ」

緑はすぐに相手の言う意味を理解した――その通りだ、龍機兵なら――しかし――

「しかしその後には」

「後のことはいい。問題は今だ」

キキモラは港に放置されていた廃車を持ち上げ、盾のようにして銃弾を防ぎながら迫ってくる。側面に回り込もうとした特警隊員が、キキモラの振り回す車体に弾き飛ばされて動かなくなった。それでも残りの隊員達は必死で抵抗を続けている。

数分の差でフィアボルグもバンシーも間に合わない。このままでは皆殺しだ。

ユーリは決然とヘリに向かう。緑はその後ろからヘリの柳井機長に向かって叫んだ。

「後部貨物室、開けて下さい」

11

リアローディング・ランプから降ろされたコンテナに、ユーリは無言で対峙する。両手の激痛は、すでに拳を握ることさえできないものとなっていた。それでもいい。構わない。やるしかない。

コンテナのロックが解除され、前面と上部が開く。金属の檻の中にうずくまる漆黒の魔犬『バーゲスト』。その開放された脚筒に足を踏み入れる。騎手の来訪に目覚めた如く、バーゲストの下半身が垂直に屹立する。同時に脚筒内壁のパッドが膨張し、汚れてぼろぼろになったユーリのスラックスを固定する。

前面ハッチ閉鎖。覚悟を決めて左右の腕筒に両腕を挿入し、先端部のコントロール・グリップを握る。息が止まりそうな激痛に悲鳴を上げる。それでも歯を食いしばってグリップを握り締めようとする。水泡が破れ、粘液でグリップが滑る。バーゲストの装着を続行するにはグリップを力一杯握り締めた状態で背中をハーネスに押しつけねばならない。頭の中が真っ白になるような痛覚にもがきながら、何度も身をよじるようにして両手に力を込める。どうしても力が入らない。こんな痛みなど、今までの苦しみを思えば大したことはないはずだ。父と母。班長とリーリヤ。そして相棒のレスニク。死者を思え。彼らの苦しみを思え。きっとやれる。己を縛る左手の黒犬はもういない。絶叫を上げながらグリップを握り締める。ハーネスに押しつけた背中に作動の感触。腕筒内壁のパッドが膨張し、シャツ越しに腕を固定。バーゲストの腕部が展開する。

頭部シェル閉鎖。VSDに投影される外周映像と、オーバーレイ表示される各種情報。BMIアジャスト完了。

あまりの痛みに脳が焼けつく。自分の絶叫で耳が痺れる。喉は今にも張り裂けそうだ。背筋に熱。バーゲストの龍骨の回路が開かれ、ユーリの脊髄に埋め込まれた龍髭と連動する。

待ちかねていたように立ち上がる黒い魔犬。しなやかなその上半身とは対照的に、逞しい脚部は闘犬の獰猛と猟犬の俊敏を併せ持つ。

キキモラはもうそこまで迫っていた。目の前に突如立ち上がった黒犬を警戒するように、あるいは愛おしむように、首を傾げて接近してくる。

猶予はない。ユーリは声を限りにシフトチェンジの音声コードを叫んだ。

「『DRAG-ON』」

最後の気力を振り絞って両手のグリップカバーを跳ね上げ、中のボタンを左右同時に強く押し込む。エンベロープ・リミット解除。フィードバック・サプレッサー、フル・リリース。

ユーリの脊髄で龍髭が燃えるような熱を発する。全身の細胞が一つ一つ針でえぐられているようだ。この瞬間、ユーリはいつもタトゥーマシンを思い出す。サハリンで左手に犬を刻まれた。忌まわしいその痛み。心の底から決して消えないその恥辱。

アグリメント・モード。龍機兵の操縦を一〇〇パーセントBMIに切り替えた状態をそう呼んでいる。

思考はプログラムと連動して並列化。精神と情報、肉体と機体の境が消滅する。

不意に全身の痛みが消えた。焼け爛れた両手ももう痛まない。シフトチェンジによって生体の痛覚も機体と並列化したからだ。アグリメント・モードのこの効能を計算したからこそ、ユーリは負傷した身であえて装着に挑んだ。

激しく明滅していたディスプレイがアグリメント・モード表示に切り替わって安定する。身も心も漆黒の魔犬と化し、牙を剝いて眼前のキキモラを威嚇する。

シフト完了。

今ユーリは、完全にバーゲストの意識となって雪の港に立っている。

キキモラは手にした廃車を放り出してバーゲストを見つめる。

その立ち姿が際限なく遠い記憶に重なっていく。シュコーラの中庭で。教室で。ソコリニキの廃墟で。キエフスカヤ駅の改札で。

常に挑発する視線。あくまで不遜に孤絶して、世の中のすべてを嗤うかのような。

機体センサーからの情報と自分本来の感覚とが一体化し、止揚された直感。バーゲストの真の嗅覚が告げている。

間違いない。目の前のキキモラに乗っているのはゾロトフだ。

──おまえ、警官の息子なんだってな。

黒髪の少年が黄昏の校庭に立っている。陰翳と愁いに富む眼差し。でぶのマチュニンの学生切符を盗んだ少年。警官気取りで賢《さか》しげな口をきいた同級生の馬鹿者を煙に巻き〈賄賂〉をつかませた。呆れるほどの奸智。

――今日から俺はおまえにとってのメフィストフェレスだ。いや、今日からじゃない、ずっと前からそうだったのかもしれないな。

そうだ、最初に会ったときからだ。

まさにメフィストフェレスとしか言いようがない。悪意と奸智とを駆使して自分を翻弄し続けた。自ら盗んだ学生切符を与えたように、自ら殺そうとした刑事を自ら助ける。メフィストフェレスの狙いは常にファウストの魂だ。彼は見事に狙う獲物を手に入れた。そしてそれが腐っていると知るや、興味を失くして放り出した。獲物の手に悪魔の印を刻んで。

〈支配人〉の正体がバララーエフであると知りながら自分を悪徳の市に誘《いざな》った。過去の真相が露見する危険を知りながら。いや、その危険があるからこそ。すべて気まぐれなメフィストフェレスの性《さが》だ。

――俺はヴォルの掟を利用するが、掟は俺を縛れない。

そう言っていたゾロトフが、なりふり構わず執拗にクレムリンの命令を果たそうとするのはなぜか。すべての権威を嗤う男が、なぜそこまで忠実であろうとするのか。

――親父は本当の屑だった。人間の屑《ムラーシ》で、落ちぶれたヴォルのなれの果てだ。ヴォルの意地も掟もまっとうできなかった半端者だ。覚えてるよな、アガニョーク。

彼の言葉を信じてはいけない。彼は父親を憎んでいた。だがそれ以上に父親を愛していた。その愛の深さから、彼は徹底して父親を否定した。父親のような半端者になりたくないという思いから、また父親が完遂できなかったものを貫こうという思いから、掟を守り、命令を守る。自らの言葉とは裏腹に。掟を嘲笑いながら掟通りに家族を持たず、無頼を気取りながら政治エリートに忠誠を尽くす。妄執と言ってもいい。そしてその妄執の因は――

キキモラが右手に固定したゲパードの銃口を上げた。同時にバーゲストが走り出す。発射された12・7㎜×107弾が輸送ヘリの胴体に孔を穿ち、ローターをへし折る。弾薬は尽きてはいなかったのだ。

まずい、この位置では鈴石主任が――

横へと移動するバーゲストを追ってキキモラはアンチマテリアル・ライフルを連射する。直撃を食らえば龍機兵といえどひとたまりもない。だがアグリメント・モードにあるバーゲストを捉えることは誰にもできない。

――俺は落ちぶれたヴォルの息子で、おまえは勇敢な警官の息子だ。

自分の父がゾロトフの父を殺した。その事実はあまりに重い。そして心の中から決して消えることはない。父を蔑《さげず》み、父を愛するゾロトフは、なんでもないふうを装いながら、やはりその傷から逃れられなかった。ゾロトフにとって自分は特別な存在となった。また自分にとっても。

ゾロトフ、貴様は知っているか。『ファウスト』の原典では〈黒い犬〉はメフィストフェレスの変身なのだ。貴様こそ本性を隠した犬だ。忠実に飼い主の命令を守る犬だ――

キキモラが射撃をやめ、左手を腰部に装備した十発容量の予備弾倉に伸ばす。弾を撃ち尽くしたのだ。バーゲストは方向を転換しキキモラに向かって突進する。敵に弾倉交換の時間は与えない。ヘリの後部貨物室にはブローニングM2他の銃器が格納されているが、こちらも取りに戻る余裕はなかった。

一気に距離を詰める。マニピュレーターで敵の機体をつかむことができればそこで終わる。そこですべてが――

不意にキキモラが銃口を上げた。

一瞬、ユーリは驚愕に目を見開く。

重い銃声が轟き、バーゲストの機体が勢いあまって転倒した。

キキモラはゲパードの弾を撃ち尽くしてはいなかった。一発を残して弾切れのふりをしたのだ。

恐ろしいまでの狡猾さだった。〈影〉《ティエーニ》と呼ばれたヴォルの本領だ。

シェル内でユーリは声を上げて己自身の迂闊を罵《ののし》る。

バーゲストは右膝を撃ち抜かれていた。アグリメント・モードの速度であったためコクピットの直撃は免れたが、バーゲストのアドバンテージである俊敏な移動力は失われた。内部の肉体に直接の損傷がなかったのは不幸中の幸いだ。

かろうじて立ち上がる。機体バランスが大幅に狂っていた。龍骨による自動修正も追いつかない。

キキモラが今度こそ空となったゲパードで殴りかかってくる。左手で受けた。銃身が折れ曲がる。キキモラは構わず全身でぶつかってきた。右足をやられているバーゲストはその体重を受け止めきれず、キキモラともつれ合って港の雪の上に倒れ込んだ。

いくら完成度の高いマスター・スレイブ方式とは言え、単に機甲兵装の操縦経験があるだけでは、未知の機体を短時間でここまで使いこなすことはできないだろう。瞬発力、判断力、そして直感力。ゾロトフは真に優れた資質に恵まれている。ヴォルとしてだけではなく、戦士《サルダート》としてもまぎれもなく一流だ。

――昔からおまえは俺の影だった。俺がおまえの影だったかもしれない。

立ち上がるのはキキモラの方が早かった。バーゲストに体勢を立て直す隙を与えまいと何度も執拗に蹴りつける。

アグリメント・モードの龍機兵がここまで圧倒されるとは。片足の自由を失ったダメージはそれほど大きかった。加えてゾロトフの気迫と、自分の未熟。

容赦ない蹴りにバーゲストの装甲が歪み、剝落する。

突然口腔内から噴出した吐物が、頭部を包むシェル内にあふれた。それまで嘔吐感はまったく感じていなかったのに。

タイムリミットがこんなに早く——

アグリメント・モードは搭乗者に著しい消耗を強いる。そのためごく限られた時間しか使用できない。その制限時間は搭乗者個人の体力によって大きく異なる。ホテル地下でのデスマッチ、そして雪原での逃避行によって、ユーリの体力は大幅に減退していた。

制限時間を過ぎると、そのダメージはまず内臓に現われる。アグリメント・モード下では搭乗者本来の肉体感覚は失われ、疲労も痛覚も認識できない。ユーリ自身が気づかないうちに、彼の肉体は大きく損なわれていたのだ。

——警官なんてヴォルよりも腐ったろくでなしだ。

いつからだろう。自分もそう考えるようになっていた。その冷笑がすべてを腐らせる根源だった。

羽に不幸の証しを持つ鶴が、一声高く鳴いて雪原から飛び立った。深く傷ついた折り紙の鶴が。
班長が言った——「一つ、目と耳と鼻を決して塞ぐな」。
プリゴジンが言った——「一つ、尻尾は決して巻くな」。
シャギレフが言った——「一つ、相手の目を惹かず、相手から目を逸らすな」。
レスニクが言った——「一つ、凍ったヴォルガ川よりも冷静になれ」。
ボゴラスが言った——「一つ、自分自身を信じろ」。
カシーニンが言った——「一つ、見方を変えて違う角度から見ろ」。
そして父が言った——「一つ、まっすぐに生きろ」。
鶴はまっすぐに飛んでいく。まだ明ける気配もない無明の空の彼方へと。
蹴りつけるキキモラの足をバーゲストの腕がつかんだ。バランスを崩してキキモラが倒れる。バーゲストは素早くその上に覆い被さった。そして流れるような動作でキキモラの右肩と左脇に両腕を回して締め上げる。
全力でバーゲストをはね除けようとキキモラがもがく。その両手両足が可動の範囲を超えてバーゲストの機体を乱打する。死にもの狂いの抵抗だ。少しでも気を抜けばたちまちひっくり返されるだろう。ユーリは渾身の力を振り絞って締め続ける。機体を打つ凄まじい衝撃にも微動だにせず。

無駄だ、この技からは逃れられない——OMON隊員から教わった固め技だ。それはかつて、ベドヌイの店で暴れるゾロトフの父ネストルを押さえ込んだ父ミハイルの技でもあった。

あのときの父の頼もしく力強い技。ベドヌイも、ベドヌイの妻も、みんな歓声を上げていた。ゾロトフ、確かおまえもそれを見ていた。人混みの中から、子犬のように悲しげな目で。

——おまえ、警官の息子なんだってな。

そうだゾロトフ、俺は警官の息子だ。そして最も痩せた犬達の一員だ。

——案外、俺達はおんなじなのかもしれないぜ。

違う。おまえは自ら影を望んだ。もしそれがおまえ自身の意志ではなくて、骸骨女の呪いのせいだとしたら、ゾロトフ、俺はおまえのために弔鐘《ちょうしょう》を鳴らそう。

放置された紺の鞄。すり切れたキャンバス地の。どう見ても流行遅れの。

キキモラはもう動かなくなっていた。

視野にフィアボルグとバンシーの機体。港の端に立っている。いつからいたのか分からない。息を切らせた由起谷、夏川、渡会もいる。みんなこっちを見つめている。

朦朧としながらも外部状況を確認する。夜の車道一杯にあふれるパトカー。頭上には無数のヘリ。機関砲を装備した海保の大型巡視船も入港しつつある。

鈴石主任の通信音声が聞こえる。

〈オズノフ警部……応答願います……オズノフ警部、聞こえますか……〉

聞こえている——そう答えようとしたが声が出なかった。

軋みを上げるバーゲストの両手を放して立ち上がり、脱着プロセスに入る。

深呼吸して覚悟を決め、アグリメント・モードを解除する。途端に痛覚が戻ってきた。

何倍にも激烈なものとなって。

ユーリはそのまま意識を失った。


「オズノフ警部、応答願います」

破損を免れたヘリの通信機で、緑は必死に呼び続ける。バーゲストはキキモラを押さえ込んだまま動かない。

「オズノフ警部、聞こえますか、オズノフ警部」

バーゲストがゆっくりと立ち上がるのが見えた。脱着プロセスに移行するようだった。

よかった——

激しい戦闘によって外装に変形や歪みが生じていたが、フレームはなんとか持ちこたえたようだ。前面ハッチ他各部のロックが解除される。

しかしバーゲストの動作はそこで止まってしまった。そのまま二十秒が経過したが、再び動き出す気配はない。

この状態は――まさか――

ヘリから飛び出し、駆け出した。

やるしかない――早く――

「パトカーをバーゲストの前につけて下さい、早く」

前方のパトカーに向かって叫ぶ。運転席の警官は慌ててパトカーを動かした。

その屋根に飛び乗った緑は、現場判断でバーゲストの首筋襟状部分の裏にあるインターフェイスのカバーを跳ね上げた。

「強制脱着を執行します」

管理者権限として所持する生体認証キーを差し込み、〈外部優先〉の位置に回した。コックをひねると、各部からプシュッという排気音がしてガスが抜けた。龍機兵はＮＢＣ防護機能のため密閉されており、四肢を固定するパッドも膨張状態にある。そのためハッチ開放前にはバルブを緩めて排気しなければならない。

急げ――早くしないと――

しかしインディケーターはロックを示すレッドのままである。

排気は遅々として進まない。一秒が普段の十倍にも感じられる。

まだか──まだ終わらないのか──

インディケーターがグリーンに変わった。ハッチ開放ボタンが有効になる。

誤動作防止用に一段奥まっているボタンをさらに押し込むと、装着時と逆の順序でハッチが次々に開いた。

頭部シェル内は血液混じりの吐物で埋まっていた。すでにチアノーゼが出現し窒息が進行している。二人の救急隊員がユーリの体を機体から運び降ろした。頸部損傷の可能性もあることから、一人が下あごを挙上させ、口腔内の吐物をかき分けてエアウェイを挿入し気道を確保する。もう一人は頸部での拍動が微弱であったため、心臓マッサージを開始した。駆けつけた応援隊員がその横で手早くＡＥＤパッドを装着。除細動が必要な致死的不整脈はないようだ。この間およそ一分。

頸動脈の拍動は強くなり、自発呼吸も確認された。危ないところであった。意識不明のユーリはヘリで救急病院へと搬送された。緑がヘリに同乗して付き添った。

バーゲストに固め技を決められたキキモラの胴体部は事故車輛のように潰れて薄くなっていた。搭乗者は確認するまでもなく圧死している。

県道経由でアルマース所有施設に到着したパトカーに乗り、沖津は山を大回りする形で未明の港に降り立った。

現場検証の最中であるキキモラの残骸を一瞥した彼は、背後の夏川を振り返った。

「バララーエフは」

夏川は港の隅に停まっている警察車輛を指差した。

「あの中です」

渡会と夏川を伴い、沖津はバララーエフの確保されている警察車輛に向かった。

警備の機動隊員がドアを開ける。

赤色灯やサーチライトの光が漏れ入る車内で、ずぶ濡れになった元官僚は惚けたようにうなだれていた。

車内を覗いて、沖津は夏川に声をかけた。

「夏川主任」

「はい」

「手錠は持っているか」

「は、持っておりますが……」

夏川は訝《いぶか》しげに上司を見た。手錠が必要な状況ではない。

バララーエフを見つめたまま、沖津は静かに言った。

「渡会さんに貸して差し上げろ」

渡会がはっと振り返る。夏川はすぐに上司の意を察して手錠を渡会に差し出した。

「どうぞ」

手錠を受け取った渡会は、なおためらうように沖津を見上げた。

長身の特捜部長が無言で頷く。

「ありがたくお借りします」

涙混じりのだみ声で一礼した渡会は、車内に乗り込んでバララーエフに自分の腕時計を示して見せた。

「二月二十八日午前五時三十三分、準現行犯で逮捕する」

外国人被疑者の手を荒々しくつかみ、音を立てて手錠を掛ける。

〈支配人〉と呼ばれた男は、悪夢と現実の区別がつかずにいるのか、まるで他人事のようなぼんやりとした表情で自分の手に嵌められた手錠を眺めていた。

12

夜明けを待って山中に点在する遺体が次々と運び降ろされた。アルマース施設内で死んでいた外国人多数。元警察官の但馬修三。そしてロシア警察犯罪捜査総局副局長ドミトリー・ダムチェンコ。

由起谷と夏川は特別の感慨を持ってこのロシア警察高官の死に顔を見た。穏やかに、毅然として、そして心なしか誇らしげな死顔であった。

バララーエフの断片的な供述によると、どうやらダムチェンコはオズノフ警部を救うために駆けつけてきたらしい。

取引現場である閑上のホテルで最初に会ったときから、二人はこのロシア高官の前では思わず背筋が伸びるような緊張を感じていた。現場捜査員の大先輩だけが持つ独特の威圧感であり、貫禄であった。その直感は間違っていなかった。ダムチェンコ副局長はオズノフ警部のモスクワ時代の上司であり、凄腕で知られた刑事であったという。副局長にまで出世しながら、潜入捜査で危機に瀕したかつての部下のために命を投げ出した。どんな事情があったのかは知らないが、その行為の崇高さは二人の刑事の胸に熱く響いた。

この人は立派な殉職だ――

由起谷と夏川は、ダムチェンコの遺骸に向かって無言で警察礼式の敬礼を捧げた。多くの警視庁特捜部員、組対部員、そして宮城県警職員が二人に続いて自発的に敬礼した。

現場一帯の捜索は徹底的に行なわれたが、關剣平《クワンジエンピン》は発見されなかった。生きているのか死んでいるのかさえ分からない。深い雪の下に埋もれているのだとしたら、発見は雪解けを待たねばならなかった。

制圧された機甲兵装の残骸も回収された。バンシーに制圧されたキキモラの乗員は但馬の仲間の吉岡功で、渡会課長が確認した。

フィアボルグと交戦し、崖の上から火災の中に落下したキキモラの乗員は、高熱で顔や指紋が焼け爛れ、特定は困難であったが、間もなくゾロトフの部下イジャスラフ・ガムザであると判明した。

民間企業アルマース施設内の倉庫から発見されたおびただしい武器は、生島刑事部長の指揮によりすべて宮城県警が押収した。重火器の他に警察の目を惹いたのはやはり機甲兵装で、押収品にはバーバヤーガ七機、フレヴニク十二機、ドヴォロヴォイ十六機が含まれていた。ほとんどが紛争地域への出荷が決まり、発送を待つばかりの状態であった。

流通全般のルートから外れた地方、しかも被災地に、これだけの量の機甲兵装が隠匿されていたという事実に、県警のみならず、多くの国民が衝撃を受けた。

石巻市内の救急病院に搬送されたユーリは、ただちに集中治療室へと運ばれた。六時間後に意識を回復。混濁は見られず清明であった。両手の火傷は深達性II度熱傷と診断された。回復に時間はかかるが、機能に障害が残るような問題はないとのことだった。

三月二日、ロシア外務省はモスクワの日本大使館に駐在する参事官を呼び出し、ドミトリー・ダムチェンコ副局長の死に関する遺憾の意を伝え、抗議した。同副局長の死は日本側の対応の不手際であるというのが主な抗議内容であった。

ダムチェンコの地位を考えれば大使か公使を呼ぶのが妥当だが、参事官クラスにとどめたという点に、事を荒立てたくないロシアの意向が表われていると外務省は分析した。またそれは見方を変えると、国家がダムチェンコを切り捨てたようにも受け取れた。

ダムチェンコ副局長は独自判断で現場に赴き、しかも日本側に無断で危険な行動を取った。現場への同行を許した日本側指揮官の責任はあるとしても、ダムチェンコの唐突な行動は常識の範囲を超えている。そうした経緯による引け目からだけでなく、ロシア側は明らかに表面的な処理で事を納めたがっているようだった。外務省としてはその外交的メッセージを汲むしかない。従って沖津特捜部長への処分は副総監による口頭での叱責という軽いものとなった。

さまざまな力が絡み合って〈バランス〉を取る。日本とロシアの双方はその力学の結果を受け入れたのだった。

13

またパキスタン政府から、押収された新型機甲兵装、仮称『キキモラ』の機体返還要求がなされた。不当に略取された自国の財産であるというのがパキスタン政府の主張であった。日本政府はこの主張の真偽が確認できるまでは要求に応じないという姿勢を示した。

パキスタン側が主張を裏付ける証拠を提示するには、自国の兵器開発システムに関する機密についても触れざるを得なくなる。そうした機密をあえて開示して話し合いに臨むというのであれば、国際犯罪の捜査協力体制にも大きな伸展が見られるものと期待されたが、現在のところ、そうはならないだろうという見解が大勢を占めている。

バラーエフの取り調べに関しては、その主導権を巡って警察庁と外務省との間で激しい攻防が繰り広げられた。同じ省庁内でも、利害と思惑とが複雑に交錯し、互いに牽制し合うありさまだった。反面、誰にとっても迂闊には着手できない難しい案件であることも確かであった。彼の背後につながる闇は、国を動かすほどに深く重かった。結局のところ、本人の急性ストレス障害を理由に、本格的な聴取は未だなされていないというのが現状だった。

ユーリの経過は順調だった。両手の火傷も、ひと月ほどで少し見ただけでは分からないくらいに回復した。表皮下まで完全に焼けたため、刺青は痕跡も残っていなかった。しかし病院のベッドで、ユーリは何度も夜中に飛び起きた。真夜中に見舞客が来たような錯覚を覚え、一時的な譫妄《せんもう》状態にも陥った。見舞客はレスニクだった。夜中であるのに、彼の周囲だけが真昼であった。

退院後、ユーリはすぐに職場に復帰した。もちろん突入要員としての任務はまだ無理である。毎日出勤しては、オフィス代わりの待機室でデスクワークに時間を潰す。鈴石主任から内線で連絡があれば、地下のラボに降りてバーゲストの調整に協力する。

ユーリの早すぎる復帰には懐疑的であった鈴石主任も、彼の回復の度合いは認めざるを得なかった。また龍機兵の操縦者として問題がないことにも同意した。

鈴石主任は命の恩人でもあった。バーゲストの中で死にかけていた自分が九死に一生を得たのは、ひとえに彼女の判断力のおかげである。あの地獄のような夜の港で、沈着冷静にバーゲストの強制脱着を行なった彼女の度胸と手際には敬意を表する。『チャリング・クロスの惨劇』を乗り越えてきただけのことはあると心から思った。

四月も半ばを過ぎた頃、ユーリは上司の沖津から、事案全体を俯瞰する詳細な報告書を出すように言われた。

その時点で報告書はすでに何通も提出している。また潜入時の出来事については、入院中も警察庁幹部だけでなく、警視庁警務部、外務省などから何度も聴取を受けていた。知る限りのことを伝えたが、話がシェルビンカ貿易の件に及ぶと、全員が即座に録音を止め、話題を変えた。関係者にとってはすでに了解済みの案件であるらしい。ことに外務省幹部からは「その件についての言及には最大限の注意を払うように」と事実上の口止めをされた。

それについても上司に確認したが、沖津はただ「好きなように書け。ロシア語でも英語でもいい」と言うだけだった。

それでユーリは待機室の机に向かい、報告書を入力し始めた。だが最初は何から書くべきか見当もつかなかった。自分とゾロトフとの関係、ダムチェンコやバララーエフとの関係について書かねば全体の把握どころか理解もできない。一つ一つの要素がすべて複雑に絡み合っている。シェルビンカ貿易に触れることなく記すのは不可能に近い。

ユーリはPCのモニターの前で頭を抱えた。

不適切な部分があれば後で削除すればいい。そう考えてとにかく初めから書くことにした。初めてゾロトフと出会ったときのことから。

マチュニンの学生切符のこと。ソコリニキの廃墟のこと。自分の父ミハイルがゾロトフの父ネストルを射殺したこと。

そして警察官になって以降。刑事となり、第九一民警分署の捜査第一班に配属されたこと。『最も痩せた犬達』の一員となったこと。リーリヤと出会ったこと。班長のダムチェンコに、同僚のレスニクと一緒にバララーエフに引き合わされたこと。

事件を織りなすさまざまな事共を頭の中から掘り起こし、文章に置き換える。苦心して言葉を選び、吟味する。書き進めるうちによけいな夾雑物が削ぎ落とされ、頭の中が整理される。それまで自分でも漠然としか分からなかった事の本質や因果関係が、よりはっきりと理解されていくような気がした。

たとえば、ダムチェンコとバララーエフ。班長ほどの人物が、なぜバララーエフのような男を信用したのか。

ダムチェンコが死んだ今となっては、真実はもう分からない。バララーエフに訊けばいいのかもしれないが、彼を取り調べる権限も機会も自分には与えられていない。

これもまた〈相似〉ではないかとユーリは想像する。ダムチェンコはバララーエフとは幼馴染だと言っていた。自分はずっと二人が共犯だと思い込んでいたが、ある意味それは正しかったのだ。彼らもまた〈灯火〉と〈影〉だ。自分とゾロトフのように、ダムチェンコとバララーエフの間にも、当人達にしか分からない絆のようなものがあったのではないか――

この報告書はもう仕事のためのものではない。また誰のためでもない。自分のために書く、自分自身への報告書だ。そう心に決めて、勢いのまま書き続けた。

その後の調べで判明したことは、捜査会議の席上で順次報告された。

但馬修三の背後関係は不明。仲間である吉岡功は警察を退職後、フィリピンの違法施設で機甲兵装の搭乗訓練を受けた形跡があった。

アルマース施設内で死亡していた外国人のうち、闕《クワン》の連れていた丁《ティン》と張《チャン》は和義幇《フーイーパン》の構成員であると思われるが、両名とも不法入国者であったらしく、入国管理局等に記録は残っていなかった。従って本名国籍等は確認できず。

副支配人のブラギンの身許についても、バララーエフの供述が曖昧なせいもあって未だ特定できず。元FSB職員のユスプ・ソヴァニンではないかという情報が警備部外事一課よりもたらされたが、これも確認には至らず。ロシア当局に問い合わせたところ、異例の速さで返ってきた回答は「当該人物の記録なし」。同様の経歴を持つロシアの保安機関出身者は無数にいるため特定は事実上不可能。逮捕された部下のロシアン・マフィア構成員達も、ブラギンの身許を知らなかった。

異なる国家の異なる法に阻まれて、捜査は遅々として進まなかった。捜査員の誰もが改めて思い知る。そもそもルイナクがその機能の一つ一つを異なる国に置いた理由を。情報メディアとテクノロジーの発達した現代において、犯罪はやすやすと国境を越えて進化するが、司法と政治の意識はそうはいかない。国際犯罪の飛躍に対し、国際捜査の態勢はまるで追いついていないどころか、むしろ捜査を阻害する方向に作用している。

そんな徒労感を一同が募らせていた頃、定例の捜査会議で、由起谷班の小泉《こいずみ》捜査員がある報告を行なった。

「關剣平《ジェンピン》は生きています」

全員が驚きの声を上げる。

小泉自身も狐につままれたような顔で続けた。

「それどころか、奴は何もなかったみたいな顔で出勤してます」

馮志文《フォンジーウェン》の監視任務に就いていた小泉は、丸の内のフォン・コーポレーション本社ビルを平然と闊歩する關を目撃したという。

「どういうことなんだ、一体」

混乱も露わに聞き返す宮近に、

「分かりません、自分もまさかと思いましたが、關本人に間違いありませんでした」

關剣平は生きていた。

オズノフ警部の報告によると、關はバララーエフの部下の死体から短機関銃だけではなく携帯端末も奪っていた。海岸かどこかで助けを呼んだとしてもおかしくはない。しかし――

「奴は武器の密売現場にいたんだぞ。それだけじゃない、七崎浜での殺人教唆に殺人未遂、容疑はいくらでもある。なのに大手を振って出勤とは一体どういう神経なんだ。頭がおかしいんじゃないか」

宮近の意見に全捜査員が同意する。到底正気とは思えない。

城木が上司の沖津を振り返った。

「ただちに關《クワン》の勾留請求を行ないましょう」

しかし沖津はゆっくりと首を振った。

「やめておこう」

二人の理事官と全捜査員が耳を疑う。

「証拠がない。地検も躊躇するだろう」

「証拠ならいくらでもあります。証人だって、現にオズノフ警部が」

なおも食い下がる城木に、

「その程度では公判は維持できない。容疑は明らかだが、公訴棄却となるのが落ちだ。手間を考えると割に合わない。向こうもそれを見越しているから平気で出てきたんだろう」

城木も宮近も首肯せざるを得ない。關も、その雇用主である馮《フォン》も、確かに先の先まで読んで手を打ってくる相手だ。

「参考人として呼んでもいいが、それこそ参考になるような話は期待できない。呼ぶだけ無駄だ。まあ、今回の件はカードの一枚として取っておこう。フォンや和義幇《フーイーパン》とはいずれ正面からぶつかる。そのときは容赦なく引っ張る」

余裕と見せつつ決意の表われる部長の言葉に、全員が頷いた。

会議室の一隅に座ったユーリは、自分が内心安堵しているのに気がついた。闞には別の目的があったのだとしても、今度の件で彼に助けられたことは事実である。犯罪者に恩義など感じる必要はないと承知しているが、後味の悪い思いはしたくなかった。

捜査会議の後、沖津は自分の執務室に戻った。紙マッチを擦って愛飲するミニシガリロに火を点けたとき、デスクの上の電話が鳴った。外務省の久我首席事務官であった。

〈ロシアからバララーエフの身柄引き渡し請求がありました。外交ルートです〉

煙を吐きながら沖津は遠くを見るように目をすがめた。

いずれは来るだろうと思っていたが――

「どこの国でもバララーエフが手配されていた事実はないと記憶します」

〈日本での逮捕の五日前に不正取引の容疑で逮捕状が出ていたそうです〉

「初耳です」

〈私もです〉

「ロシアとの間には犯罪人引渡し条約は締結されていないはずですが」

無駄と知りつつ口にしてみる。

日本の『逃亡犯罪人引渡法』は、原則として引き渡しの請求国が条約締約国でない限り効力を発揮しない。

〈『国際捜査共助等に関する法律』が適用されるケースです。その線で話が進んでいます〉

すでに決定済みであるということだ。

久我が連絡をよこしたのは、言うまでもなくその事前調整のためである。

〈ロシアが日本に供給するエネルギーの価格問題で、外相の訪露が急遽決まりました。伊良賀さんも同行します。情勢は微妙で、よけいな波は少しでも立てないようにという判断です〉

沖津は無言で苦笑を浮かべる。

流れは再び変わった。クレムリンの二重構造。二重どころではない。三重、四重、そして際限なく――まるで何かの呪いのように。

〈どうかご理解をお願いします〉

外務省としては警視庁の一部局に断りを入れる筋合いはない。明らかに久我個人の配慮であった。

「いえ、ご厚意に感謝します」

礼を述べて沖津は受話器を置いた。

シガリロを一本吸い終わってから、沖津は内線電話を取り上げ、城木と宮近を執務室に呼んだ。

すぐにやってきた二人の副官に、入ったばかりの情報を伝える。

「バララーエフは、もしや殺されるのでは」

身を固くして聞いていた城木が、蒼ざめて言った。彼の危惧しているのは獄中での謀殺である。

「日本側の顔を潰すのは向こうにとっても避けたいはずだから、その可能性はまずないと見ていい。まったくないとは言い切れないのが恐ろしいところだがね。まあ、センセーショナルな事実が表面化する可能性は著しく低下した。それだけは間違いない」

同じく蒼白になった宮近が質問を発する。

「その決定に伊良賀議員は関係しているのでしょうか」

「たぶんね。伊良賀さんは向こうで太いパイプを持っている。対露交渉には欠かせない人物だ。外務省としても伊良賀さんの顔は立てねばなるまい」

沖津はシガレットケースから新しい一本を抜き取り、火を点けながらさりげなく言った。

「確かなのは〈敵〉は外務省にもいるということだ」

愕然としたように城木と宮近が顔を上げる。

「今回の一連の動きは、少なくとも〈敵〉の勢力の一部が外務省にも及んでいるということを示唆している。伊良賀さんが一味かどうかまでは分からないがね」

ミニシガリロを静かに燻《くゆ》らせ、沖津は言った。普段のものより、少々厳しい表情となっていることを自覚する。

「〈敵〉の実動部隊が但馬のグループだけであるはずはない。悪徳警官として知られていた但馬は言わば見せ駒であり、捨て駒だ。もっと巧妙に身を潜めたグループがいるに違いない。警察の内にも外にもだ」

「部長」

思いついたように宮近が言った。

「今回の事案で、備企《びき》（警備企画課）の小野寺が〈敵〉でないこともはっきりしたのでは」

小野寺が〈敵〉と無関係であるなら、宮近の抱える良心の呵責や精神的負担は大きく軽減される。

隣の城木も同僚を振り返り、

「そうだ、小野寺は外務省の動きを教えてくれた。あいつは違う」

緩やかに立ち上《のぼ》る紫煙を無言で見つめていた沖津は、首を傾げた。

「それはどうかな」

「えっ」

驚く二人に、沖津は淡々と続けた。

「小野寺君からの情報が一番早かったのは確かだが、その時点でウチに命令が下りてくるのは決定していた。つまり状況が判明するのは時間の問題であったということだ。彼の情報は大勢に影響を与えない。その機会を捉えてカモフラージュを図ったとも考えられる。つまりはクロともシロとも言い切れない、グレーといったところかな」

二人は呆れたように絶句している。そこまで読み、そこまで疑うのかと。

しかし肚の底が読めないという点では、小野寺も、彼の上司である堀田課長も同じである。

「今回、我々は確かに〈支配人〉をはじめ、多くの国際的武器密売人を逮捕した。オペレーションは成功したと言っていい」

沖津は手にしたシガリロを見つめ、

「だがそれは、ルイナクというネット上のシステムに新型機の入札という実体化の一瞬があったからだ。我々はその一瞬を捉えたが、だからと言ってルイナクがなくなるわけではない。今もネット上では無数の取引が交わされているはずだ」

「それは……」

言い淀んだ城木の内心は見当がつく。

そうだ、「それは最初から分かっていたこと」だ——

「情報テクノロジーの発達とグローバル化、遡ればソビエト崩壊に端を発する国際情勢の変化。これらが渾然一体となって現代の違法取引市場を作った。パキスタンから流出した新兵器を、ロシア人が仲介し、ルーマニア人やメキシコ人が買い付け、その日の食料にも事欠く紛争地帯の現地人に供給する。資格制の入札でなければ、一般人でも落札は可能だったろう。ルイナクとはそういうシステムだ。体制の腐敗と犯罪組織の結びつきは決してロシア固有の現象ではないし、国家という枠組みは犯罪の現場においては日々刻々と意味を失いつつある。今回の事案で改めて思った。現代の違法取引とは本質的には経済現象だとね」

「犯罪が経済現象とは……」

聡明な城木もにわかには理解できずにいるようだ。

「違法取引の市場を動かしているのは利益の大きさであって、モラルの低さではない。これは厄介な相手だよ。過去の歴史を振り返れば、市場の力は最後には政府の力を凌駕する。今世界で起きているさまざまな出来事は、金融、政治、犯罪の三つの観点から同時に捉える必要がある。そうでなければ、本質は何も理解できない。犯罪の摘発どころか、そこに犯罪があることさえ、やがて見えなくなるだろう」

沖津はシガリロを手にしたまま穏やかに言った。今しがたの述懐に反し、ニヒリズムは己の内から消えている。

「我々は警察官だ。世界がどう変化してもその魂だけは忘れずにいよう。ダムチェンコ副局長のように。シェルビンカ貿易の隠蔽に荷担した判断の是非はともかく、彼は最後まで警察官だった」

ユーリは日々報告書を書き継いだ。ずいぶんと長いものになった。報告書と言うには冗長だとも思った。しかし削るわけにはいかなかった。ネストル・ゾロトフ。ミハイル・オズノフ。ゴラン・ミカチューラ。でぶのマチュニン。枯れ木のように痩せた黄《ファン》。そして古本屋のリーリヤ。すべての経緯、そのニュアンスは、どれかを削った途端に淡い霧のように消え失せて、どうにも伝わらなくなってしまう気がした。

その日も待機室のデスクに向かっていたが、すっかり書きあぐねて困ってしまった。ゾロトフの法に自分があれほど縛られていた心理についての部分である。ため息をついて執筆を中断し、そこまでの部分をプリントアウトしてみることにした。

プリンターから吐き出された原稿に目を通していると、背後から何やら香ばしい香りが漂ってきた。

待機室は同僚の姿警部と共用である。テーブルもまた共用で、姿はアンティークな手挽きのミルでこれ見よがしにコーヒー豆を挽いていた。

「コーヒーはやっぱり手挽きが一番だな」

自分が注意を向けたのを察し、姿が得意げに言う。

「どうだい、このミル。プジョーだよプジョー」

「フランス車のプジョーか」

思わず訊いてしまった。

「ああ。どういうわけか車のメーカーがミルも製造してるんだ。挽きやすいのもいいが、このデザインがたまらんね」

姿は挽き立てのコーヒーをいそいそとペーパードリップで淹れた。

「ペーパードリップは豆本来の味を良くも悪くもストレートに出してしまう。だから簡単そうに見えてなかなかテクニックが要るんだ。挽き方は粗挽きや細挽きよりも中挽きがいい」

あれこれと能書きを垂れながらサーバーのコーヒーをカップに注ぐ。

「まあ一息入れろよ」

もう飲まないわけにはいかなくなった。ユーリは仕方なくカップを取って口をつけた。

「どうだ」

案の定感想を訊かれた。渋々認めざるを得ない。

「美味いな」

「珍しく素直じゃないか」

姿はにやりと笑って自分のカップにもコーヒーを注いだ。

ユーリは黙ってコーヒーの残りを含む。

自画自賛しながらコーヒーを飲んでいた姿が、さりげなく言った。

「部長の食えなさは相変わらずだが、指揮官としては相当なもんだぜ。部下のケアまで心得てる」

カップを傾けていたユーリは、意味が分からず視線を上げた。

「おまえのことだよ」

白髪頭の同僚はサーバーに残っていたコーヒーを自分のカップに注ぎ足して、

「おまえの書いてる〈報告書〉だ。退院した頃に比べたら、だいぶ顔色がよくなった。効果てきめんという奴だな」

そうか、と思った。それが部長の狙いだったのか。

ユーリは飲み干したカップを置き、プリントアウトした報告書を一枚取った。正方形になるよう上部を少しカットして、姿の目の前で黙々とその紙を折る。

姿は黙ってユーリの手許を見つめている。

完成した鶴をテーブルの上に置く。ロシア語の文章を全身にまとった折り鶴。

「なんだよ、それは」

姿の質問には答えずに立ち上がった。午後二時だが、シフトの勤務時間は過ぎている。

「もったいぶらないで教えろよ」

「そこに書いてある」

ユーリはデスクの上の原稿を指差した。

「読みたければ勝手に読め」

相手の答えを待たずに待機室を後にした。

庁舎を出たユーリは、外の光で自分の左手を見た。火傷はほぼ完治している。刺青の痕もない。

よく晴れた空。陽射しは初夏のものだった。

物流倉庫の並ぶ通りを新木場駅に向かって歩き出す。車道を行き交うトラックの排ガスが鼻腔を強く刺激する。大型車の撒き散らす騒音の合間で、ユーリは胸のうちに旋律の断片を聴いていた。断片は次第につなぎ合わさって、明瞭なスタンダード・ナンバーとなった。郷愁と悔悟《かいご》を呼び覚ます情感に満ちた曲。『スタンド・バイ・ミー』。

姿の言う通りだと思う。部長の手腕には舌を巻く。もつれ、絡み合った心の糸が、自分でも気づかぬうちにほぐれていた。

――俺を逃がして、おまえはどうして無事でいられる。

――結果なんだよ。何もかも駆け引きの。

閑上のホテルで訊いたとき、ゾロトフはそう答えた。

見方を変える。違う角度から見る。曖昧だったニュアンスを突き詰める。ユーリは最後まで引っ掛かっていたことの答えを得たように思った。

命令に忠実なおまえが、唯一生命を賭して犯した命令違反。それは俺の抹殺命令を実行しなかったことだ。おまえは自分の能力、それに今後の忠誠と引き換えに俺の命乞いをした。少なくともおまえはそうなるように立ち回った。そうでなければおまえ自身が処分されずにいられるわけがない。班長と同じく、おまえもまた俺の庇護者であったのだ。そうだろう？

影が答える。

——おまえは法からは自由になるが、代わりに俺の法を受け入れるんだ。それを誓うと言うのなら、おまえの命を助けてやろう。

ゾロトフの法を受け入れて自分は生き延びた。メフィストフェレスとの契約だ。その契約は破棄されて、契約の印たる黒犬も消滅した。

ふと思った。これも〈相似〉ではないかと。

メフィストフェレスとの契約の代わりに、今は龍機兵と契約している。どちらも魔物だ。呪縛は何も変わっていない。

影が尋ねる——おまえはなぜまだ警察にいる——ダムチェンコの真意はともかく、警察組織がおまえを裏切ったという事実に変わりはないのだ——

耳を貸さずに歩き続ける。最も痩せた犬の足取りで。

路上には昼下がりの白い光があふれている。ユーリは自分の足許から影が失われているように思った。

謝辞

本書の執筆に当たり、元警察庁警部の坂本勝氏、東京大学先端科学技術センター特任助教の小泉悠氏、科学考証家の谷崎あきら氏、医師の蒔田新氏より多くの助言を頂きました。

また取材に際して月刊『軍事研究』（ジャパン・ミリタリー・レビュー）編集部の大久保義信氏の協力を仰ぎました。

方々のお力添えに深く感謝の意を表します。

[主要参考文献]

『犯罪商社.com　ネットと金融システムを駆使する、新しい〝密売業者〟』モイセス・ナイム著　河野純治訳　光文社
『世界犯罪機構　世界マフィアの「ボス」を訪ねる』ミーシャ・グレニー著　中谷和男訳　光文社
『ロシア闇の戦争　プーチンと秘密警察の恐るべきテロ工作を暴く』アレクサンドル・リトヴィネンコ、ユーリー・フェリシチンスキー著　中澤孝之監訳　光文社
『KGB帝国　ロシア・プーチン政権の闇』エレーヌ・ブラン著　森山隆訳　創元社
『スターリンの子供たち　離別と粛清を乗りこえて』オーウェン・マシューズ著　山崎博康訳　白水社
『世界のマフィア　越境犯罪組織の現況と見通し』ティエリ・クルタン著　上瀬倫子訳　緑風出版

『ロシア・マフィアが世界を支配するとき』寺谷弘壬著　アスキー・コミュニケーションズ
『モスクワ地下鉄「地下宮殿」の世界（ユーラシア選書15）』岡田譲著　東洋書店
『自壊する帝国』佐藤優著　新潮文庫
『ロシア　苦悩する大国、多極化する世界』廣瀬陽子著　アスキー新書
『ロシア人しか知らない本当のロシア』井本沙織著　日経プレミアシリーズ（新書）
『図説　銃器用語事典』小林宏明著　早川書房
『オールカラー　軍用銃事典［改訂版］』床井雅美著　並木書房

解　説

相似形の燭台に燃える〝不屈〟の灯火

ときわ書房本店 文芸書・文庫担当
宇田川拓也

月村了衛〈機龍警察〉シリーズは、すでに第二弾『自爆条項』で読み巧者からの支持を得ていたが、その人気と評価を一段と押し上げる決定打となったのは、第三弾となる本作『機龍警察 暗黒市場』にほかならない。

年末恒例のミステリランキングでは、『このミステリーがすごい！ 2013年版』(宝島社) 国内編で第三位、「ミステリが読みたい！ 2013年版」(早川書房／『ハヤカワミステリマガジン』二〇一三年一月号掲載) 国内篇で第四位にランクイン。『自爆条項』での、第九位、第十二位、というそれぞれの結果から大躍進を遂げ、さらに第三十四回吉川英治文学新人賞を見事射止めている。

シリーズの概要やエピソードごとに意匠を変えていくスタイルについてはこれまでの解

説で言及済みなので、早速だが本作の内容に的を絞って進めていくとしよう。

警視庁特捜部が擁する最新型特殊装備〈龍機兵《ドラグーン》〉搭乗要員として雇われた三人の傭兵たち。第一弾『機龍警察』ではアイルランドに伝わる原始の巨人の名をコードネームとする機体『フィアボルグ』を操縦する白髪のフリーランスの傭兵――姿俊之、第二弾『自爆条項』では同じくアイルランドの民間伝承で〈死を告げる女精霊〉を意味するコードネーム『バンシー』に乗る、かつては〈死神〉と恐れられた元テロリスト――ライザ・ラードナーの過去と因縁が描かれたが、いよいよ残るひとり、イングランド北部及びコーンウォール州に出没したとされる漆黒の魔犬の名をつけられた『バーゲスト』に乗る元モスクワ警察の刑事――ユーリ・ミハイロヴィッチ・オズノフにスポットが当てられる。

物語は三つの章に分かれているが、第一章の序盤から大きな衝撃が走る。栃木県の集落で起きた歩行型軍用有人兵器〈機甲兵装〉を使った駐在所の急襲、遺体のなかから回収されたマイクロＳＤカードの内容に続いて綴られるのは、章題である「契約破棄」のとおりのまさかの事態だ。なんとユーリは警視庁との契約を解除され、さらにロシアの裏社会で特別な意味を持つ正統的犯罪者〝ヴォル〟であり、〈影《ティエーニ》〉の通り名で知られるアルセーニー・ネストロヴィッチ・ゾロトフと接触し、武器密売を持ち掛ける。じつはこのふたりは幼馴染であり、ゾロトフはユーリに自身と対になる通り名〈灯火《アガニョーク》〉を与えるとともに消せない烙印を刻みつけた、切っても切れない間柄なのだ。この信じ難い成り行きの理由は物語が進むにつれて明らかにされるが、シリーズ随一のインパクトで目を釘付けにするオープニングである。

続く第二章では、ユーリとゾロトフの少年時代の出会いから始まり、警視庁特捜部付警部という異端の存在である傭兵三人のなかで唯一「警察官」の経験を持つユーリが、モスクワ民警の刑事となったのち、なぜその職と祖国を捨てて傭兵に身を変え、それでもふたたび――しかも日本の警察に属するまでに至ったのか、そして左手に嵌めた黒い革手袋の秘密がついに詳《つまび》らかにされる。

丸ごと伏線といっても過言ではない本作の重要な柱であり、この章だけ抜き出しても、有望な若き刑事に訪れる非情な裏切りと過酷な運命を描いた一級のロシアン警察ノワールとして通用するほどの極めて高い完成度には唸るしかないが、著者は『ハヤカワミステリマガジン』二〇一二年十一月号掲載「『機龍警察 暗黒市場』後記」にて、興味深い内容を記している。

エンタテインメントの分野においてロシア、それも警察を扱う際に、トム・ロブ・スミスのレオ・デミドフ三部作は無視できない。トム・ロブ・スミス以前と以後とでは、ロシア内政に関するリアリティのレベルがはっきりと異なる。二〇一二年現在、これが〈世界標準〉であると断言していい。（私は密かに、且つ個人的に『トムロブ基準』と名付け、『暗黒市場』執筆中も常にこれを意識していた）

一九五〇年代、スターリン体制化のロシアを舞台に、国家保安省の捜査官であるレオ・デミドフが「ソビエト連邦では殺人など起こらない」という国の建前と卑劣な謀略に抗いながら、少年少女たちの命を奪い続ける犯人を追う『チャイルド44』を皮切りに、『グラーグ57』『エージェント6』と続く三部作をベンチマークとしていたとは、納得することしきりである。腐敗した権力が個人の尊厳を蔑ろにする暗黒世界で、これでもかと絶望が立ちはだかる酷烈かつ真に迫った第二章の硬度は、確かに先の三部作と肩を並べる域にまで達しており、世界標準の変化を見逃さず、すかさず対応する著者の確かな目と筆力が素晴らしい。

そして第三章である。ロシアン・マフィアが関与する武器密売市場〈ルイナク〉の取引の中枢が日本に設置されている状況を、フィクションに逃げることなく、リアルを組み合わせて練り上げた説得力のある設定。〈龍機兵〉に匹敵するかもしれない新型機甲兵装の出品をにらんだ特捜部のオペレーションを妨害する〈敵〉の脅威。片や希望と絶望が拮抗するギリギリの忍耐、片やひりつくような時間との勝負が並行する手に汗握る展開。ディテールの妙と熱を帯びて加速するスリルに目が離せなくなるが、本作最大の読みどころはその先にある。

絶体絶命のユーリが目にする〝信じられない〟光景。卑劣な裏切りにより罪を背負わされてもなお警察官としての自分を捨てきれなかった想いと、恥辱を刻まれて陽の当たらぬ世界を放浪し続けた壮絶な過去に光が差す場面は、何度読み返しても目頭が熱くなる。本作は、往年の冒険小説にも比肩するほどの類まれなる〝不屈〟を描いた警察小説なのだ。

加えて、満身創痍の身体で『バーゲスト』に乗り込んだユーリが漆黒の魔犬と化して宿敵との一騎討ちに挑む雄姿、この最後の戦いにたどり着くまでのあらゆる記憶と感情が駆け巡るバトルシーンが、目頭の熱さをなかなか終わらせてはくれない。

これまで〝２０１０年代最高の国産ミステリ小説シリーズ〟（『機龍警察〔完全版〕』帯の惹句 千街晶之氏 解説より）、〝世界的にみても２０１０年代ベスト５に確実に入る傑作シリーズ〟（『機龍警察 自爆条項〔完全版〕』下巻帯の惹句 霜月蒼氏 解説より）というシリーズ全体に向けた賛辞はあったが、筆者は本作のみに限定してこう称えたい――二〇一〇年代もっともエモーショナルな熱きクライマックスがここにある、と。

また、本作を読み解く重要なキーワードとして〝相似〟を挙げておきたい。『イワンの誇り高き痩せ犬』を体現する優秀な刑事の息子であるユーリと掟に背き失墜したヴォルの息子であるゾロトフ、父親と同じ道を選んだふたりの〈灯火〉と〈影〉の関係性をはじめ、作中には様々な〝相似〟が運命的なつながりや奇縁を示すよう緻密に配されており、この構成美もまた注目すべき読みどころのひとつといえる。いうなれば本作は、〝相似〟を組み上げて作られた燭台に熱き〝不屈〟の灯火があかあかと燃える、そんな物語なのである。

さて、〈機龍警察〉シリーズは開始当初、「限りなく現在に近い未来」という意味の造語〈至近未来〉を内容紹介に用いていたが、『暗黒市場』に続く第四弾『未亡旅団』あたりから、そのワードが意味をなさなくなるほどスリリングに現代と激しく斬り結ぶ小説へと進化を重ね、国際情勢の急激な変化とテクノロジーの発達に応じて、いまは公式に舞台を〈現代〉としている。筆者はそこに、エド・マクベイン〈87分署〉シリーズと並ぶ警察小説の金字塔、『笑う警官』を代表作とするマイ・シューヴァル&ペール・ヴァールー〈刑事マルティン・ベック〉シリーズに相通ずるものを感じ始めている。

彼のシリーズが全十作を通して一九六〇年代〜七〇年代のスウェーデン社会の変遷を映し出した年代記として完成したように、いずれ〈機龍警察〉シリーズは二〇一〇年以降の世界情勢、経済、テクノロジー、犯罪、権力構造等の多様な変化を捉えた壮大な編年記のごとき価値を発揮していくのではないかと睨んでいるのだが、そろそろ紙幅も尽きるのでこの辺にしておくとしよう。

本書刊行時、最新長篇『白骨街道』が『ハヤカワミステリマガジン』にて連載中の〈機龍警察〉シリーズは、今後さらに幹を太くし、葉を茂らせ、数多くの読者が集う大樹になっていくことだろう。きっとその大きな樹は、曲がったり歪んだりせず、周りのどんな警察小説の木々よりもまっすぐに伸びているはずだ。なぜ〝まっすぐ〟なのか。本書を読み終えた方々には、説明の必要はあるまい。

本書は、二〇一二年九月にハヤカワ・ミステリワールド
から刊行された作品を二分冊で文庫化したものです。

機龍警察　火宅

月村了衛

最新型特殊装備〝龍機兵〟を擁する警視庁特捜部は、警察内部の偏見に抗いつつ国際情勢のボーダーレス化と共に変容する犯罪に立ち向かう——由起谷主任が死の床にある元上司の秘密に迫る表題作、特捜部入り前のライザの彷徨を描く「済度」など全八篇を収録した、二〇一〇年代最高のミステリ・シリーズ初の短篇集

第1回アガサ・クリスティー賞受賞作

黒猫の遊歩 あるいは美学講義

森 晶麿

でたらめな地図に隠された想い、しゃべる壁に隔てられた青年、川に振りかけられた香水の意味、現れた住職と失踪した研究者、頭蓋骨を探す映画監督、楽器なしで奏でられる音楽……日常に潜む、幻想と現実が交差する瞬間。美学を専門とする若き大学教授、通称「黒猫」と、彼の「付き人」をつとめる大学院生は、美学とエドガー・アラン・ポオの講義を通してその謎を解き明かす。解説／若竹七海

ハヤカワ文庫

黒猫の薔薇あるいは時間飛行

森 晶麿

黒猫の渡仏から半年。付き人は博論に挑むが、つい黒猫のことを考えてしまう。そんなとき、作家・綿谷埜枝の小説に「アッシャー家の崩壊」の構造を見出す。一方黒猫は恩師の孫娘の依頼で、ある音楽家の音色が変わった原因を調べ始める。日本とパリでそれぞれ謎を解く二人は……シリーズ第三弾。解説／巽孝之

ハヤカワ文庫

黒猫の刹那 あるいは卒論指導

森 晶麿

大学四年生の私は卒論と進路に悩む日日。そんなとき、いつもゼミで黒いスーツを着ている男子学生と出会う。ある事件をきっかけに彼から〝卒論指導〟を受けて以降、彼の猫のような論理の歩みと鋭い観察眼が気になり始め……『黒猫の遊歩あるいは美学講義』の三年前、黒猫と付き人の出会いを描くシリーズ学生篇

ハヤカワ文庫

原尞の作品

そして夜は甦る

高層ビル街の片隅に事務所を構える私立探偵沢崎、初登場！　記念すべき長篇デビュー作

直木賞受賞

私が殺した少女

私立探偵沢崎は不運にも誘拐事件に巻き込まれる。斯界を瞠目させた名作ハードボイルド

さらば長き眠り

ひさびさに事務所に帰ってきた沢崎を待っていたのは、元高校野球選手からの依頼だった

愚か者死すべし

事務所を閉める大晦日に、沢崎は狙撃事件に遭遇してしまう。新・沢崎シリーズ第一弾。

日本冒険小説協会賞最優秀短編賞受賞

天使たちの探偵

沢崎の短篇初登場作「少年の見た男」ほか、未成年がからむ六つの事件を描く連作短篇集

著者略歴　1963年生，早稲田大学第一文学部卒，作家　著書『機龍警察〔完全版〕』『機龍警察　自爆条項〔完全版〕』（日本SF大賞）『機龍警察　狼眼殺手』（以上早川書房刊），『コルトM1851残月』（大藪春彦賞）『土漠の花』（日本推理作家協会賞）『欺す衆生』（山田風太郎賞）他多数

HM=Hayakawa Mystery
SF=Science Fiction
JA=Japanese Author
NV=Novel
NF=Nonfiction
FT=Fantasy

機龍警察《きりゅうけいさつ》　暗黒市場《あんこくしじょう》

〔下〕

〈JA1460〉

二〇二〇年十二月　十日　印刷
二〇二〇年十二月十五日　発行

（定価はカバーに表示してあります）

著者　月《つき》村《むら》了《りょう》衛《え》
発行者　早川　浩
印刷者　大柴正明
発行所　株式会社　早川書房

郵便番号　一〇一‐〇〇四六
東京都千代田区神田多町二ノ二
電話　〇三‐三二五二‐三一一一
振替　〇〇一六〇‐三‐四七七九九
https://www.hayakawa-online.co.jp

乱丁・落丁本は小社制作部宛お送り下さい。
送料小社負担にてお取りかえいたします。

印刷・株式会社亨有堂印刷所　製本・株式会社明光社

ISBN978-4-15-031460-6 C0193

本書は活字が大きく読みやすい〈トールサイズ〉です。